Η γάτα του Schrodinger
Κβαντικός κόσμος της ποίησης

Translated to Greek from the English version of
Schrödinger's Cat

Devajit Bhuyan

Ukiyoto Publishing

Όλα τα παγκόσμια εκδοτικά δικαιώματα ανήκουν στην

Ukiyoto Publishing

Δημοσιεύθηκε το 2023

Πνευματικά δικαιώματα © Devajit Bhuyan

ISBN 9789360165826

Όλα τα δικαιώματα διατηρούνται.

Κανένα μέρος της παρούσας έκδοσης δεν επιτρέπεται να αναπαραχθεί, να μεταδοθεί ή να αποθηκευτεί σε σύστημα ανάκτησης, σε οποιαδήποτε μορφή με οποιοδήποτε μέσο, ηλεκτρονικό, μηχανικό, φωτοτυπικό, ηχογραφημένο ή άλλο, χωρίς την προηγούμενη άδεια του εκδότη.

Τα ηθικά δικαιώματα του συγγραφέα έχουν κατοχυρωθεί.

Το παρόν βιβλίο πωλείται υπό τον όρο ότι δεν θα δανειστεί, μεταπωληθεί, εκμισθωθεί ή κυκλοφορήσει με οποιονδήποτε άλλο τρόπο, χωρίς την προηγούμενη συγκατάθεση του εκδότη, σε οποιαδήποτε μορφή βιβλιοδεσίας ή εξώφυλλου εκτός από αυτό στο οποίο έχει εκδοθεί.

www.ukiyoto.com

Αφιερωμένο στους Erwin Schrodinger, Max Planck και Warner Heisenberg, τους τρεις σωματοφύλακες της κβαντικής φυσικής.

Περιεχόμενα

Η γάτα του Schrödinger	1
Η εντροπία θα σκοτώσει	2
Ύλη Ενέργεια Δυαδικότητα	3
Παράλληλα σύμπαντα	4
Σημασία του παρατηρητή	5
Τεχνητή νοημοσύνη	6
Μην παραβιάζετε τη διάσταση του χρόνου	7
Μια φορά κι έναν καιρό	8
Εξίσωση Θεού	9
Συζητήσεις φιλοσόφων	10
Προχωράω και προχωράω	11
Παιχνίδι του Θεού και της Φυσικής	12
Κάποτε υπήρχε μια μηχανή που λεγόταν Telex	13
Το μυαλό μου	14
Αν το πολυσύμπαν είναι αληθινό	15
Τριβή	16
Αυτό που γνωρίζουμε δεν είναι τίποτα	17
Οι καλές μέρες της αλήθειας έρχονται	18
Διαφοροποίηση και ενσωμάτωση	19
Αετός στην πείνα	20
Καθώς μεγαλώνουμε	21
Ξεχάστε την ανθρωπογενή διαίρεση	22
Το υπολογιστικό νέφος τον έκανε αόρατο	23
Είμαστε εικονικοί	24
Η συνείδηση της ζωής	25
Η γάτα βγήκε ζωντανή	26
Μεγάλο εμπόδιο	27
Η ζωή δεν είναι κρεβάτι από τριαντάφυλλα, αλλά υπάρχει ηλιοφάνεια	28

Υπέρτατο ζώο 29

Ο" Επιστήμονες, αγαπητοί επιστήμονες 30

Ανθρώπινα συναισθήματα και κβαντική φυσική 31

Τι θα συμβεί στην πρωτοτυπία και τη συνείδηση; 32

Όταν τελειώνει η διαστολή του σύμπαντος 33

Επανασχεδιασμός 34

Higgs Boson, Το σωματίδιο του Θεού 35

Ο γέρος και η κβαντική διεμπλοκή 36

Τι θα κάνουν οι άνθρωποι; 37

Χώρος-χρόνος 38

Το ασταθές σύμπαν 39

Η σχετικότητα 40

Τι είναι ο χρόνος 41

Σκέφτομαι μεγαλοπρεπώς 42

Η φύση πλήρωσε το τίμημα για τη δική της διαδικασία εξέλιξης 43

Η Ημέρα της Γης 44

Η Παγκόσμια Ημέρα Βιβλίου 45

Ας είμαστε ευτυχισμένοι στη μετάβαση 46

Ο παρατηρητής είναι σημαντικός 47

Αρκετός χρόνος 48

Η μοναξιά δεν είναι πάντα κακή 49

Εγώ εναντίον της Τεχνητής Νοημοσύνης 50

Ερώτηση ηθικής 51

Δεν ξέρω 52

Ξέρω, ήμουν ο καλύτερος στην κούρσα αρουραίων 53

Δημιουργήστε το μέλλον σας 54

Παραμελημένες διαστάσεις 55

Θυμόμαστε 56

Ελεύθερη βούληση 57

Το αύριο είναι μόνο μια ελπίδα 58

Γέννηση και θάνατος στον Ορίζοντα Γεγονότων   59

Απόλυτο παιχνίδι   60

Χρόνος, η μυστηριώδης ψευδαίσθηση   61

Ο Θεός δεν αντιστέκεται στην αυτοθέληση   62

Καλό και κακό   63

Οι άνθρωποι εκτιμούν μόνο λίγες κατηγορίες   65

Τεχνολογία για ένα καλύτερο αύριο   66

Σύντηξη τεχνητής και φυσικής νοημοσύνης   67

Σε έναν διαφορετικό πλανήτη   68

Καταστροφικό ένστικτο   69

Οι χοντροί άνθρωποι πεθαίνουν νέοι   70

Η πολυπραγμοσύνη δεν είναι η θεραπεία   71

Αθάνατος άνθρωπος   72

Η παράξενη διάσταση   73

Η ζωή είναι συνεχής αγώνας   74

Πετάξτε ψηλότερα και ψηλότερα, νιώστε την πραγματικότητα   75

Για να αντεπεξέλθετε στη ζωή   76

Είμαστε μόνο σωροί ατόμων;   77

Ο χρόνος είναι φθορά ή πρόοδος χωρίς ύπαρξη   78

Οι Φαραώ   79

Ο μοναχικός πλανήτης   80

Γιατί χρειαζόμαστε τον πόλεμο;   81

Αποφύγετε τη μόνιμη παγκόσμια ειρήνη   82

Ο χαμένος κρίκος   83

Η εξίσωση του Θεού δεν είναι αρκετή   84

Η ισότητα των γυναικών   85

Άπειρο   86

Πέρα από τον Γαλαξία μας   87

Να είστε ευχαριστημένοι με το βραβείο παρηγοριάς και να προχωρήσετε   88

Το Covid19 απέτυχε να λυγίσει	89
Μην είστε φτωχοί της νοοτροπίας	90
Σκεφτείτε μεγαλοπρεπώς και απλά κάντε το	91
Ο εγκέφαλος από μόνος του δεν αρκεί	92
Καταμέτρηση και Μαθηματικά	93
Η μνήμη δεν είναι αρκετή	94
Όσα περισσότερα δίνεις, όσα περισσότερα παίρνεις	95
Αφήστε το να φύγει και το να ξεχάσετε είναι εξίσου σημαντικό	96
Κβαντική Πιθανότητα	97
Το ηλεκτρόνιο	98
Νετρίνο	99
Ο Θεός είναι ένας κακός διαχειριστής	100
Η φυσική είναι ο πατέρας της μηχανικής	101
Οι γνώσεις των ανθρώπων για τα άτομα	102
Το ασταθές ηλεκτρόνιο	103
Θεμελιώδεις δυνάμεις	104
Σκοπός του Homo Sapiens	105
Πριν το Missing Link	106
Αδάμ και Εύα	107
Οι φανταστικοί αριθμοί είναι δύσκολοι	108
Αντίστροφη καταμέτρηση	109
Όλοι ξεκινούν με το μηδέν	110
Ερωτήσεις δεοντολογίας	111
All-Sin-Tan-Cos	112
Η δύναμη της φωτιάς	114
Νύχτα και μέρα	115
Ελεύθερη βούληση και τελικό αποτέλεσμα	116
Κβαντική Πιθανότητα	117
Θνητότητα και αθανασία	118
Το τρελό κορίτσι του σταυροδρομίου	119

Άτομο έναντι μορίων	120
Ας πάρουμε ένα νέο ψήφισμα	121
Στατιστικές Fermi-Dirac	122
Απάνθρωπη νοοτροπία	123
Επιχειρησιακή διαδικασία	124
Αναπαύσου εν ειρήνη (RIP)	125
Είναι οι ψυχές πραγματικές ή φαντασία;	126
Είναι οι ψυχές πραγματικές ή φαντασία;	127
Είναι όλες οι ψυχές μέρος του ίδιου πακέτου;	128
Ο πυρήνας	129
Πέρα από τη Φυσική	130
Επιστήμη και θρησκεία	131
Θρησκείες και πολυσύμπαν	132
Το μέλλον της επιστήμης και το πολυσύμπαν	133
Μέλισσες	134
Ίδιο αποτέλεσμα	135
Κάτι και τίποτα	136
Η ποίηση στα καλύτερά της	137
Το γκριζάρισμα των μαλλιών σας	138
Ασταθής άνθρωπος	139
Αφήστε την ποίηση να είναι απλή όπως η φυσική	140
Max Planck Ο Μέγας	141
Σημασία του παρατηρητή	142
Δεν ξέρουμε	144
Τι αναδύεται	145
Αιθέρας	146
Η ανεξαρτησία δεν είναι απόλυτη	147
Αναγκαστική εξέλιξη, τι θα συμβεί;	148
Πέθανε νέος	150
Ντετερμινισμός, τυχαιότητα και ελεύθερη βούληση	152

Προβλήματα	154
Η ζωή χρειάζεται μικρά σωματίδια	156
Πόνος και ευχαρίστηση	157
Θεωρία της Φυσικής	158
Ό,τι συνέβη συνέβη	159
Γιατί τα συναισθήματα είναι συμμετρικά;	160
Στο βαθύ σκοτάδι επίσης προχωράμε	162
Το παιχνίδι της ύπαρξης	163
Φυσική Επιλογή και Εξέλιξη	165
Φυσική και κώδικας DNA	166
Τι είναι η πραγματικότητα;	168
Αντίθετες δυνάμεις	170
Μέτρηση του χρόνου	171
Μην αντιγράφετε, υποβάλετε τη δική σας διατριβή	173
Ο σκοπός της ζωής δεν είναι μονολιθικός	175
Έχουν τα δέντρα έναν σκοπό;	177
Το παλιό θα παραμείνει χρυσό	179
Πρόκληση για το μέλλον	181
Ομορφιά και Σχετικότητα	183
Δυναμική ισορροπία	184
Κανείς δεν μπορεί να με σταματήσει	185
Ποτέ δεν προσπάθησα την τελειότητα, αλλά προσπάθησα να βελτιωθώ	186
Ο δάσκαλος	187
Ψευδής τελειότητα	188
Μείνετε στις βασικές σας αξίες	189
Εφεύρεση του θανάτου	190
Αυτοπεποίθηση	191
Παραμείναμε αγενείς	192
Γιατί γινόμαστε χαοτικοί;	193
Να ζεις ή να μην ζεις;	195

Η ευρύτερη εικόνα	196
Διευρύνετε τον ορίζοντά σας	197
Ξέρω.	199
Μην ψάχνετε για σκοπό και λόγο	200
Αγάπη στη φύση	201
Γεννημένος ελεύθερος	202
Η διάρκεια ζωής μας είναι πάντα καλή	204
Δεν λυπάμαι	205
Νωρίς στο κρεβάτι και νωρίς στο ξύπνημα	206
Η ζωή έχει γίνει απλή	207
Οπτικοποίηση της κυματικής συνάρτησης	208
Οκτώ δισεκατομμύρια	210
Εγώ	211
Η άνεση είναι μεθυστική	212
Ελεύθερη βούληση και σκοπός	213
Οι δύο τύποι	214
Ας εκτιμήσουμε τους επιστήμονες	215
Η ζωή πέρα από το νερό και το οξυγόνο	216
Νερό και γη	218
Η φυσική έχει αρμονικές	219
Η επιστήμη στον τομέα της φύσης	221
Εξελισσόμενες υποθέσεις και νόμοι	223
Σχετικά με τον συγγραφέα	225

Η γάτα του Schrödinger

Βρισκόμαστε μέσα στο μαύρο κουτί που οριοθετείται από τον χώρο, τον χρόνο, την ύλη και την ενέργεια.

Στο πεδίο του χώρου και του χρόνου είμαστε απασχολημένοι με τη μετατροπή για συνέργεια

Επίσης, μετατρέπουμε την ενέργεια σε ύλη μέσω της συσσώρευσης σωματικών λιπών

Αλλά μέσα στα όρια του μαύρου κουτιού η ζωή μας τελειώνει και τα πάντα αναπαύονται

Κανείς δεν ξέρει τι υπάρχει πέρα από το μαύρο κουτί σε αυτούς τους άπειρους γαλαξίες.

Δεν υπάρχει τεχνολογία για φυσική επαλήθευση, τι υπάρχει στην άκρη του σύμπαντος.

Η μυστικότητα πέρα από το μαύρο κουτί, η άγνωστη δύναμη διατηρεί

Μπορούμε να βγάλουμε τη γάτα του Σρέντινγκερ από το κουτί.

Ακόμα και τότε, το να βγούμε από το παράδοξο, δεν θα είναι εύκολο και απλό.

Για να μάθουμε την απόλυτη αλήθεια της ζωής, ο άνθρωπος θα αντιμετωπίζει πάντα προβλήματα.

Η εντροπία θα σκοτώσει

Η εντροπία του σύμπαντος αυξάνεται μέρα με τη μέρα, το νιώθω.

Αλλά δεν έχουμε καμία μηχανή ή μέθοδο για να την επιβραδύνουμε.

Ούτε έχουμε κάποιο νόμο της φυσικής για να εφεύρουμε μηχανή για την ανατίναξη.

Η γνώση της αλήθειας από μόνη της δεν είναι αρκετή, χρειαζόμαστε λύση

Κάθε μέρα μπροστά μας συμβαίνουν ανεπιθύμητες καταστροφές.

Για να αυξηθεί η εντροπία, κάθε μήνα ο ανθρώπινος πληθυσμός αυξάνεται.

Η μη αναστρέψιμη διαδικασία της εντροπίας μπορεί να γίνει μέγιστη σύντομα.

Η ανθρωπότητα και τα ανώτερα ζώα θα αναγκαστούν να μεταναστεύσουν στο φεγγάρι.

Μην γελάτε με τις παλαιότερες γενιές, δεν είναι αρκετά έξυπνες χωρίς πλαστικό.

Τουλάχιστον, το φαινόμενο της αυξανόμενης εντροπίας, δεν ήταν ρουστίκ.

Ύλη Ενέργεια Δυαδικότητα

Η δυαδικότητα της ύλης και της ενέργειας είναι πολύ απλή
Κάθε στιγμή δισεκατομμύρια αστέρια το κάνουν
Οι γαλαξίες δημιουργούνται ως ύλη.
Και η ύλη των γαλαξιών εξαφανίζεται ως ενέργεια.
Αλλά το άθροισμα όλης της ύλης και της ενέργειας είναι μηδέν.
Ενδιάμεσα, η αντιύλη και η σκοτεινή ενέργεια είναι άγνωστοι ήρωες.
Κάθε στιγμή παίζουμε με την ύλη και την ενέργεια
Αλλά ακόμα απέχουμε πολύ από το να εφεύρουμε μια απλή τεχνική.
Στο πεδίο του χρόνου και του χώρου η ύπαρξή μας είναι περιορισμένη.
Την ημέρα που θα μάθουμε μια απλή τεχνολογία για να μετατρέψουμε την ύλη και την ενέργεια
Τα εμπόδια του χρόνου και του χώρου δεν θα παραμείνουν στο άπειρο
Ο Θεός θα είναι μέσα στο κουτί του Σρέντινγκερ με τη γάτα.
Το σύμπαν μπορεί να κυβερνάται από τεχνητά ευφυή ρομπότ, που ονομάζονται ιπτάμενες νυχτερίδες.

Παράλληλα σύμπαντα

Η θρησκεία έλεγε από αμνημονεύτων χρόνων για την ύπαρξη του παράλληλου σύμπαντος

Η φυσική και η επιστημονική κοινότητα είπαν ότι είναι φαντασία και άγνοια

Καθώς η Φυσική εμβαθύνει και αδυνατεί να εξηγήσει πολλά φυσικά φαινόμενα

Τώρα, λένε ότι για να τα εξηγήσουν αυτά, το παράλληλο σύμπαν είναι μια εξήγηση

Αλλά οι επιστήμονες δεν θα αναγνωρίσουν τις χιλιάδων ετών σκέψεις...

Η ίδια η σωματιδιακή φυσική, η υποατομική φυσική είναι μια φιλοσοφική σκέψη.

που επιβεβαιώνεται από επιστημονικά πειράματα, μόνο μετά το πέρασμα των δεκαετιών

Ωστόσο, παρόμοια φιλοσοφία εξηγείται σε διαφορετική γλωσσική μορφή, την απορρίπτουν

Αυτό είναι το σύνδρομο της σκέψης του μαύρου κουτιού της επιστημονικής κοινότητας.

"Αυτό που δεν ξέρουμε δεν είναι γνώση" δεν είναι αποδεκτό στην επιστήμη.

Μόλις το παράλληλο σύμπαν, αν αποδειχθεί, για να είναι επικριτικοί, θα διατηρήσουν σιωπή.

Σημασία του παρατηρητή

Όταν ανοίγουμε το κουτί του Schrödinger σε χρονικό ορίζοντα

Η γάτα μέσα στο κουτί μπορεί να είναι ζωντανή ή νεκρή και είναι θέμα πιθανότητας

Κανένας εξωτερικός παρατηρητής δεν μπορεί να το προβλέψει με σιγουριά και να επιβεβαιώσει

Αλλά όταν παρατηρούμε την κατάσταση είναι πιθανό να είναι διαφορετική.

Γι' αυτό, για τον ορίζοντα γεγονότων, ο παρατηρητής είναι σημαντικός.

Στο πείραμα διπλής σχισμής, τα σωματίδια συμπεριφέρονται διαφορετικά όταν παρατηρούνται

Γιατί συμβαίνει να μπλέκονται τα σωματίδια, δεν υπάρχει εξήγηση σχετικά με αυτό

Η πληροφορία μεταξύ των περιπλεγμένων σωματιδίων κινείται γρηγορότερα από το φως.

Έτσι, στο μέλλον, η επικοινωνία με εξωπλανήτες και εξωγήινους είναι λαμπρή.

Τεχνητή νοημοσύνη

Δεν υπάρχει αντλία όπως η καρδιά, που χρειάζεται για να αντλήσει νερό στην κορυφή της καρύδας

Οι μηχανές δεν μπορούν να συλλέξουν μέλι από τα λουλούδια της μουστάρδας όπως η μέλισσα.

Από το ίδιο χώμα τα φυτά μπορούν να φτιάξουν γλυκό, ξινό και πικρό.

Για την τεχνητή νοημοσύνη, θα είναι ένα διαφορετικό παιχνίδι να παίξει στο δαχτυλίδι της φύσης

Αν τα πάντα γίνονται από ρομπότ με τεχνητή νοημοσύνη και ηλιακή ενέργεια

Δεν θα υπάρχει σκοπός ή λόγος να ζει ο άνθρωπος στον πλανήτη γη για πάντα.

Αυτή είναι η κατάλληλη στιγμή για τον άνθρωπο να ταξιδέψει σε άλλους πλανήτες και γαλαξίες.

Θα πρέπει να προσπαθήσουμε να υπογράψουμε νέους γενετικούς κώδικες για αθάνατα σώματα.

Δεν ενδιαφέρομαι να ζήσω επ' αόριστον κάτω από έναν ευφυή υπολογιστή.

Αφήστε με να πεθάνω με ανεξάρτητη σκέψη σήμερα, ακόμα κι αν ο χρόνος δεν θυμάται.

Μην παραβιάζετε τη διάσταση του χρόνου

Στο άπειρο σύμπαν η ταχύτητα του φωτός είναι πολύ αργή

Αυτό μπορεί να είναι μια προφύλαξη ασφαλείας για την προστασία της ατομικότητας των πλανητών

Έτσι ώστε οι εξωγήινοι και οι άνθρωποι να μην μπορούν να εμπλακούν σε συχνούς πολέμους.

Άλλοι πολιτισμοί μπορεί να ευδοκιμούν σε αστέρια δισεκατομμύρια έτη φωτός μακριά.

Το ταξίδι με ταχύτητα μεγαλύτερη από το φως μπορεί να μην είναι καλό για το μέλλον του homo sapiens

Ας μην σπάσουμε την βαλβίδα ασφαλείας της ταχύτητας χωρίς να γνωρίζουμε τις συνέπειες

Το τούνελ στη διάσταση του χρόνου θα φέρει τα πάνω κάτω στον πολιτισμό

Ακόμη και ένα εμβόλιο covid19 χρησιμοποιείται για την αντιμετώπιση ενός ιού, που τώρα δημιουργεί χάος στην υγεία

Ένας υγιής νέος άνθρωπος πεθαίνει χωρίς λόγο από το κοπάδι μας.

Η μισή γνώση είναι χειρότερη από την άγνοια ή την καθόλου γνώση

Με την παραβίαση της ταχύτητας του φωτός, και τη σήραγγα στο χρόνο, ο homo sapiens μπορεί να πέσει.

Μια φορά κι έναν καιρό

Μια φορά κι έναν καιρό, οι άνθρωποι πίστευαν ότι ο ήλιος κινείται γύρω από τον ήλιο

Βυθίζεται στον ωκεανό το βράδυ και βγαίνει ξανά το πρωί.

Ο ήλιος χρειάζεται άδεια από το Θεό κάθε πρωί για να βγει.

Πόσο αδαείς και αντιεπιστημονικοί ήταν οι άνθρωποι εκείνης της πρωτόγονης εποχής.

Για εκατομμύρια χρόνια οι άνθρωποι δεν ήξεραν να φτιάχνουν πυρηνικές βόμβες.

Είναι καλό που έχτισαν πυραμίδες, μνημεία και μεγάλους τάφους.

Διαφορετικά, δεν θα είχαμε φτάσει στην εποχή του σύγχρονου πολιτισμού.

Στη μεσαιωνική εποχή ο ανθρώπινος πολιτισμός θα είχε περάσει στη λήθη

Κάποτε διδαχθήκαμε τον αιθέρα μέσω του οποίου διαδίδεται το φως.

Τώρα οι επιστήμονες σκέφτονται, ότι πολύ κούφιοι ήταν αυτοί οι λεγόμενοι φυσικοί.

Σήμερα κανείς δεν ξέρει ποια είναι η θεωρία της μεγάλης έκρηξης, της σταθερής κατάστασης, των πολλαπλών στίχων ή των χορδών.

Αλλά με τη θεωρία της σταθερής κατάστασης, χωρίς αρχή ή τέλος του σύμπαντος, οι θρησκείες είναι σφιχτές.

Πλανήτες, αστέρια και γαλαξίες γεννιούνται και πεθαίνουν όπως οι άνθρωποι.

Για τον άνθρωπο, η κλίμακα του χρόνου και οι διαφορετικές διαστάσεις, είναι άλλο πράγμα.

Εξίσωση Θεού

Είμαστε απλώς ένας σωρός ατόμων όπως κάθε άλλη ζωντανή και μη ζωντανή ύλη;

Ή ο συνδυασμός των ατόμων στο ανθρώπινο σώμα είναι εντελώς διαφορετικός από τους άλλους;

Μόνο οι συνδυασμοί διαφορετικών ατόμων δεν μπορούν να εμφυσήσουν συνείδηση.

Με τον άνθρωπο, τα ρομπότ και τους υπολογιστές με τεχνητή νοημοσύνη έχει διαφορά

Κάποτε μας είπαν ότι τα άτομα είναι τα μικρότερα σωματίδια που υπάρχουν

Το θετικό πρωτόνιο, το ουδέτερο νετρόνιο και τα αρνητικά ηλεκτρόνια είναι τα βασικά στοιχεία.

Τώρα, καθώς προχωράμε όλο και πιο βαθιά, ξέρουμε ότι αυτό δεν είναι αλήθεια

Τα βασικά σωματίδια μπορεί να είναι φωτόνια, μποζόνια ή απλά δονήσεις χορδών

Μερικοί επιστήμονες λένε ότι η ύλη μπορεί να είναι μόνο πληροφορία.

...που συνδυάζεται σύμφωνα με τον κώδικα για να δώσει διαφορετικές αναπαραστάσεις.

Αλλά όσον αφορά τη συνείδηση και την προέλευσή της, δεν έχουμε καμία λύση.

Ας είμαστε ευτυχισμένοι τρώγοντας το μήλο και το κρασί που φτιάχνεται από αυτό.

Μέχρι οι επιστήμονες να βρουν την εξίσωση του Θεού, όπου όλα θα ταιριάζουν.

Συζητήσεις φιλοσόφων

Φιλόσοφος συζητά, το αυγό ήρθε πρώτο, ή το πουλί ήρθε πρώτο

Η λογική και για τις δύο πλευρές είναι εξίσου ισχυρή και στιβαρή.

Στην περίπτωση της ύλης και της ενέργειας, δεν υπάρχει τέτοια συζήτηση.

Από την ενέργεια, το σύμπαν δημιουργήθηκε είναι πραγματικό γεγονός.

Η ενέργεια δεν μπορεί ούτε να δημιουργηθεί ούτε να καταστραφεί είναι ένα παλιό παράδειγμα.

Η έννοια της δυαδικότητας ενέργειας-ύλης, πολύ καιρό πριν ο Αϊνστάιν είπε...

Η ύλη και η κυματική φύση των σωματιδίων επίσης ξεδιπλώνονται.

Με πάρα πολλά θεμελιώδη ή στοιχειώδη σωματίδια είναι η ύπαρξη

Όσον αφορά τους τελικούς δομικούς λίθους του σύμπαντος, οι απόψεις είναι πάντα διαφορετικές.

Είναι απλά αδύνατο να κλουβί παντοδύναμο όπως η γάτα του Σρέντινγκερ.

Μέχρι να εγκλωβίσουμε τη γάτα, ας φάμε, ας χαμογελάσουμε, ας αγαπήσουμε και ας περπατήσουμε για έναν καλύτερο θάνατο.

Προχωράω και προχωράω

Το σύμπαν διαστέλλεται ασταμάτητα
Κι εγώ προχωράω και προχωράω στο ταξίδι μου
Μερικές φορές ηλιοφάνεια, μερικές φορές βροχή
Μερικές φορές βροντές και μερικές φορές καταιγίδες
Αλλά δεν έχω σταματήσει ποτέ, προχωράω και προχωράω,
Το ταξίδι δεν ήταν πάντα ομαλό και εύκολο
Τα αγκάθια που κόλλησαν στα δάχτυλα των ποδιών μου, τα αφαίρεσα μόνος μου
Όπου δεν υπήρχε γέφυρα για να διασχίσω το ποτάμι
Έφτιαξα τη δική μου βάρκα και τον διέσχισα
Αλλά ποτέ δεν σταμάτησα, προχώρησα και προχώρησα,
Κάποιες φορές, μέσα στην πιο σκοτεινή νύχτα, έχασα τον προσανατολισμό μου
Ωστόσο, οι πυγολαμπίδες έδειχναν το μονοπάτι για να προχωρήσω
Στον ολισθηρό δρόμο, είχα πέσει αρκετές φορές
Γρήγορα σηκώθηκα και κοίταξα τα αστέρια που αναβόσβηναν
Αλλά ποτέ δεν σταμάτησα, αλλά προχώρησα και προχώρησα,
Ποτέ δεν προσπάθησα να μετρήσω την απόσταση που είχα διανύσει
Χωρίς να υπολογίζω κέρδη και απώλειες, πάντα προχωρούσα μπροστά
Χωρίς προσδοκίες για ενθάρρυνση από τους παρευρισκόμενους
Ποτέ δεν σπατάλησα χρόνο με ακινητοποιημένους ανθρώπους, κάνοντας γκάφες
Πριν από καιρό, συνειδητοποίησα, ότι στη ζωή τίποτα δεν είναι μόνιμο, το ταξίδι είναι η ανταμοιβή.

Παιχνίδι του Θεού και της Φυσικής

Η βαρύτητα, ο ηλεκτρομαγνητισμός, οι ισχυρές και οι ασθενείς πυρηνικές δυνάμεις είναι βασικές

Αυτός είναι ο λόγος, για τον οποίο το σύμπαν είναι δυναμικό και όχι στάσιμο ή στατικό

Η ύλη, η ενέργεια, ο χώρος και ο χρόνος σε αυτές τις τέσσερις διαστάσεις, παίζουν το ρόλο του δημιουργού.

Υπάρχουν επίσης ανεξερεύνητες διαστάσεις, λένε τώρα οι επιστήμονες.

Ο λόγος ύπαρξης της σκοτεινής ενέργειας και της συμπεριφοράς είναι ακόμα άγνωστος

Αν και οι ανθρώπινοι εγκέφαλοι είναι πανομοιότυποι, η συνείδηση του καθενός είναι διαφορετική

Για την ύπαρξη του σύμπαντος αλλά και του Θεού, η συνείδηση είναι σημαντική.

Η κβαντική διεμπλοκή δεν ακολουθεί το μέγιστο όριο ταχύτητας

Ταξίδι στο χρόνο και σε άλλους γαλαξίες, η διεμπλοκή επιτρέπει

Όσο προχωράμε όλο και πιο βαθιά, θα έρχονται όλο και περισσότερες ερωτήσεις.

Το παιχνίδι μεταξύ της φυσικής και του Θεού είναι πραγματικά διασκεδαστικό και διασκεδαστικό.

Κάποτε υπήρχε μια μηχανή που λεγόταν Telex

Μια μέρα η νέα γενιά θα αμφιβάλλει, υπήρχε PCO για μια τηλεφωνική κλήση

Το τέλεξ και το φαξ, αν και τα έχουμε χρησιμοποιήσει, τώρα εκπλήσσονται

Το internet Cafe πέθανε μπροστά στα μάτια μας, χωρίς καμία προειδοποίηση

Αλλά ο φτωχός άνθρωπος που ζητιανεύει μπροστά στο καφέ υπάρχει ακόμα.

Μεγάλα ηχοσυστήματα κασετών και CD εγκαταλείφθηκαν στο σπίτι.

Αλλά τα ηχητικά κουτιά και το σύστημα δημόσιων ομιλιών αντέχουν στο χρόνο.

Αν και, για την επικοινωνία, το διαδίκτυο, τα μέσα κοινωνικής δικτύωσης είναι πρωταρχικά

Η τεχνολογία είναι πάντα για ένα καλύτερο αύριο και για τη βελτίωση της ζωής.

Αλλά δεν μπορεί να μειώσει τον αριθμό των διαζυγίων μεταξύ συζύγων.

Ακόμα και στο απόγειο του σύγχρονου πολιτισμού, η φτώχεια και η πείνα υπάρχουν.

Σε πολλές χώρες, η νοοτροπία πολλών ανθρώπων είναι παράλογη και ρατσιστική

Η φυσική και η τεχνολογία δεν έχουν απάντηση, πώς να σταματήσουν τον πόλεμο και το έγκλημα

Η ανάπτυξη της τεχνολογίας για έναν ειρηνικό κόσμο και η βελτίωση της αδελφοσύνης είναι πρωταρχική.

Το μυαλό μου

Το μυαλό μου δεν μου επέτρεψε ποτέ να ζηλέψω
Το μυαλό μου δεν μου επέτρεψε ποτέ να είμαι σκληρός
Ο θυμός και το μίσος δεν είναι του γούστου μου
Καλύτερα να μείνω στη μοναξιά κοντά στη θάλασσα
Την ειρήνη και την ηρεμία πάντα προτιμώ
Αντί για καυγάδες, η αδελφοσύνη είναι καλύτερη
Από τη βία, προσπαθώ πάντα να μένω μακριά
Για την αλήθεια και την ειλικρίνεια, είμαι έτοιμος να πληρώσω
Οι διεφθαρμένοι άνθρωποι, προσπαθώ να τους κρατήσω μακριά
Υποφέρω από πολύ άγχος και ένταση
Για την προστασία του περιβάλλοντος, δεν έχω λύση
Ο πόλεμος και η ρύπανση μου προκαλούν κατάθλιψη
Η ψυχική υγεία της ανθρωπότητας βρίσκεται σε υποβάθμιση.

Αν το πολυσύμπαν είναι αληθινό

Αν το πολυσύμπαν και η θεωρία του παράλληλου σύμπαντος είναι αληθινές

τότε για την ύπαρξη του ανθρώπου στη γη υπάρχει ένα στοιχείο

Ο πιο προηγμένος πολιτισμός μπορεί να χρησιμοποίησε τη γη ως φυλακή.

Τα ανθρώπινα όντα είναι τα πιο σκληρά ζώα, αυτός μπορεί να είναι ο λόγος.

Τα κακά στοιχεία του καλού πολιτισμού μεταφέρθηκαν στον κόσμο.

Ο εξελιγμένος πολιτισμός στη συνέχεια ξεφορτώθηκε το κακό και το κακό.

Οι άνθρωποι έμειναν στη γη σε ζούγκλες με πιθήκους.

Χωρίς κανένα εργαλείο ή εργαλείο, οι κακοί άνθρωποι ξεκίνησαν ξανά τη ζωή.

Μετά το θάνατο της πρώτης γενιάς, υπάρχει κατάρρευση των παλαιών πληροφοριών.

Τα νεογέννητα στον κόσμο πρέπει να ξεκινήσουν από την αρχή το πρόβλημα της ζωής τους.

Αν και ο πολιτισμός προχώρησε και προόδευσε πολύ...

Με το DNA των κακών ανθρώπων και των εγκληματιών, η ανθρώπινη κοινωνία εξακολουθεί να σαπίζει.

Ο προηγμένος πολιτισμός δεν θα επιτρέψει ποτέ στον άνθρωπο να τους φτάσει.

Ξέρουν ότι το κακό DNA των παλαιών προγόνων θα προσπαθήσει ξανά να καταστρέψει το τιμόνι τους.

Τριβή

Πολύ λίγοι γνωρίζουν ότι ο συντελεστής τριβής είναι mew

Χωρίς τριβή, σε αυτόν τον πλανήτη, η ζωή δεν μπορεί να ανανεωθεί.

Η δημιουργία της ζωής ξεκινά με την τριβή των αρσενικών και θηλυκών οργάνων.

Μέσω της τριβής τα νεογέννητα έρχονται με κλάματα και συνθήματα.

Χωρίς τριβή, η φωτιά δεν θα μπορούσε να δείξει τη φλόγα της.

Η φωτιά άλλαξε όλο το παιχνίδι του ανθρώπινου πολιτισμού

Οι τροχοί δεν μπορούν να κινηθούν μπροστά χωρίς δύναμη τριβής.

Για να σταματήσετε το όχημά σας που κινείται γρήγορα, η τριβή είναι η κύρια πηγή

Αν δεν υπάρχει τριβή, το τζετ σας δεν θα σταματήσει στον διάδρομο προσγείωσης.

Η απογείωση των μαχητικών αεροσκαφών για να βομβαρδίσουν πόλεις θα είναι πολύ μακριά.

Η τριβή του μυαλού οδηγεί στη δημιουργία πολλών επών

Όπως η βαρύτητα, έτσι και η τριβή είναι μια φυσική δύναμη βασική

Η τριβή του εγώ είναι επικίνδυνη και οδηγεί σε μεγάλο πόλεμο

Αυτό μπορεί να θέσει τον ανθρώπινο πολιτισμό σε μεγάλο κίνδυνο.

Η τριβή είναι καλή και κακή, ανάλογα με τη χρήση της.

Χωρίς τριβή, η ζωή στον πλανήτη θα εξαφανιστεί, η γη δεν μπορεί να χρησιμοποιηθεί από κανέναν.

Αυτό που γνωρίζουμε δεν είναι τίποτα

Αυτό που γνωρίζει η φυσική είναι μόνο η κορυφή του παγόβουνου

Αυτό που δεν γνωρίζει η φυσική είναι η πραγματική φυσική.

Η σκοτεινή ενέργεια και η σκοτεινή ύλη, ελέγχουν την πραγματική δυναμική

Αυτά που γνωρίζουμε για την ύλη, την ενέργεια και το χρόνο είναι μόνο τα βασικά

Τα όρια του σύμπαντος είναι άγνωστα και απατηλά

Είναι άγνωστο αν η αντιύλη και το παράλληλο σύμπαν είναι πραγματικά.

Αρκετές χιλιάδες χρόνια πριν, η έννοια του πολυσύμπαντος ανατινάχθηκε.

Πριν από το Big-Bang υπήρχαν επίσης γαλαξίες, τώρα ξέρουμε...

Η πρόοδος της φυσικής είναι πολύ γρήγορη, αλλά στον τομέα του χρόνου αργή.

Το σύμπαν διαστέλλεται με ταχύτερο ρυθμό από ό,τι γνωρίζουμε.

Πρέπει να αναγνωρίσουμε ότι γνωρίζουμε πολύ λίγα πράγματα για το σύμπαν και την απεραντοσύνη του.

Οι καλές μέρες της αλήθειας έρχονται

Όταν θα είμαστε σε θέση να ταξιδεύουμε ταχύτερα από το φως
Το μέλλον του ανθρώπινου πολιτισμού θα είναι λαμπρό
Από έναν μακρινό πλανήτη δισεκατομμύρια έτη φωτός μακριά
Τι λάθος συνέβη στο παρελθόν μπορούμε εύκολα να πούμε
Η αληθινή ιστορία του Βούδα, του Ιησού, του Μωάμεθ θα αποκαλυφθεί.
Τίποτα το ψευδές στα θρησκευτικά εγχειρίδια δεν θα επικρατήσει
Τα μονοπάτια προς την αλήθεια στο μέλλον θα είναι σταθερά, και τα ψέματα δεν θα διατηρηθούν ποτέ
Το μονοπάτι της αλήθειας, της εμπιστοσύνης και της δέσμευσης, οι άνθρωποι θα διατηρήσουν
Οι κακοί άνθρωποι και οι εγκληματίες, οι παγκόσμιες κυβερνήσεις θα συλλαμβάνουν
Θα απελαθούν σε φυλακές δισεκατομμύρια έτη φωτός μακριά.

Διαφοροποίηση και ενσωμάτωση

Όταν διαφοροποιούμε τον άνθρωπο από τον άνθρωπο

Τελικά θα έχουμε μαϊμούδες που τρώνε φρούτα στα δέντρα

Αλλά όταν ενσωματώνουμε τον πρωτόγονο άνθρωπο σε και σε

Τελικά έχουμε τον Βούδα, τον Ιησού και τον Αϊνστάιν

Έτσι, η ολοκλήρωση είναι πιο σημαντική από τη διαφοροποίηση.

Η ολοκλήρωση είναι ο δρόμος προς την εύρεση της αλήθειας και τη λύση των προβλημάτων

Η διαφοροποίηση είναι κίνηση προς τα πίσω και μετά καταστροφή

Το ανθρώπινο γονίδιο γνωρίζει για τη φυσική επιλογή του ισχυρότερου.

Ωστόσο, για την υπεροχή και για να κερδίσουν με αφύσικο τρόπο, γίνονται τα πιο σκληρά

Η χειραγώγηση της φύσης μέσω αφύσικων διαδικασιών δεν είναι ηθική

Για τη μακροπρόθεσμη βιωσιμότητα επίσης, η επιτάχυνση της φυσικής διαδικασίας είναι ιδιόρρυθμη.

Αετός στην πείνα

Το ζωικό βασίλειο υποφέρει εξαιτίας της νοημοσύνης του ανθρώπου

Η τεχνητή νοημοσύνη μπορεί να γίνει μπούμερανγκ και να δημιουργήσει τον Φρανκενστάιν

Ο άνθρωπος μπορεί να γίνει σκλάβος της ίδιας του της δημιουργίας, στην αναζήτηση μιας καλύτερης ζωής

Το ρομπότ με τεχνητή νοημοσύνη μπορεί να μετατραπεί σε επικίνδυνο μαχαίρι

Τι θα κάνει ο άνθρωπος που ζει τριακόσια χρόνια σαν χελώνα;

Θα υπάρχει περισσότερη καταστροφή της φύσης και ανεπιθύμητος θόρυβος.

Το να τρώμε και να περνάμε την ώρα μας στον ψηφιακό εικονικό κόσμο δεν έχει νόημα.

Καλύτερα να πεθάνουμε και να ζήσουμε ως ψηφιακά δεδομένα στο δίκτυο ως σήματα.

Αν κάποιος προηγμένος πολιτισμός συλλάβει τα σήματα και τα αποκωδικοποιήσει...

για την έρευνα και την ανάπτυξή τους, τα δεδομένα του εγκεφάλου μας μπορεί να ταιριάζουν

Η γενετική μηχανική μπορεί να είναι εξίσου επικίνδυνη με την τεχνητή νοημοσύνη.

Μεγαλύτερη καταστροφή από το covid19 μπορεί να εξαλείψει τους ανθρώπους λόγω μικρής αμέλειας

Αλλά ο ανθρώπινος εγκέφαλος και το μυαλό δεν θα σταματήσουν χωρίς να αντιμετωπίσουν την κατάσταση

Το ανθρώπινο μυαλό-εγκέφαλος τείνει πάντα να πετάει σαν αετός στην πείνα.

Καθώς μεγαλώνουμε

Στο ταξίδι της ζωής, καθώς μεγαλώνουμε και μεγαλώνουμε

Είναι απαραίτητο να διαγράψουμε πολλά πράγματα από το φάκελο της ζωής

Το ταξίδι της ζωής είναι ο καλύτερος δάσκαλος και μας κάνει σοφότερους

Αλλά κουβαλώντας περιττά φορτία, οι ώμοι μας γίνονται πιο αδύναμοι

Η πλειοψηφία των πληροφοριών του παρελθόντος δεν έχει καμία αξία

Οπότε, καλύτερα να διαγράψουμε και να ανανεώσουμε το μυαλό μας

Στο αλλαγμένο σενάριο, πρέπει να βρούμε νέα πράγματα

Αντί να ασκούμε κριτική, πρέπει να είμαστε ευγενικοί με τους ανθρώπους.

Κάθε μέρα κινούμαστε προς το θάνατο είναι η πραγματικότητα

Η σπατάλη χρόνου και ενέργειας σε διαμάχες είναι μόνο μάταιη

Μέσα από την εμπειρία, αν δεν μάθουμε τη σοφία

Την ώρα του θανάτου, θα αφήσουμε ένα άγονο βασίλειο.

Όσο πιο γρήγορα συνειδητοποιήσουμε την πραγματικότητα της ζωής και την αβεβαιότητα του ταξιδιού

Μπορούμε να αποφύγουμε τους περιττούς καβγάδες και τις ανησυχίες του τουρνουά

Το χαμόγελο και το γέλια είναι πιο σημαντικά όταν γερνάμε

Πολλές νέες δυνατότητες, τα χαμόγελα μπορούν εύκολα να ξεδιπλωθούν

Διαφορετικά, η ιστορία μας θα πάει στη λήθη και θα μείνει αφηγημένη

Κάθε γέρος και σοφός άνθρωπος συνειδητοποιεί ότι δεν υπάρχει παρελθόν και μέλλον

Αυτός που το συνειδητοποιεί σύντομα, μπορεί να αποφύγει τα ανεπιθύμητα βασανιστήρια της ζωής.

Ξεχάστε την ανθρωπογενή διαίρεση

Το αν ζούμε σε έναν μοναχικό πλανήτη ή σε ένα πολυσύμπαν είναι αδιάφορο.

Σε δισεκατομμύρια χρόνια η ζωή εμφανίστηκε σε αυτόν τον πλανήτη και άνθισε.

Ο πολιτισμός ήρθε και ο πολιτισμός εξαφανίστηκε για τα δικά του λάθη.

Αλλά τώρα, λόγω της υπερθέρμανσης του πλανήτη, ολόκληρος ο πλανήτης βρίσκεται σε κίνδυνο.

Αν το ανώτερο ζώο δεν το συνειδητοποιήσει σύντομα, όλα θα καταρρεύσουν.

Αν και η ακριβής πορεία και η ημέρα της καταστροφής δεν μπορεί να προβλεφθεί.

Αν δεν νιώσουμε από καρδιάς και δεν δράσουμε, θα έχουμε σύντομα ολοκαύτωμα.

Μαζί με την αναζήτηση ενός πολυσυμπαντικού πλανήτη, η κατάσβεση της πυρκαγιάς είναι σημαντική

Αν η περιβαλλοντική κατάρρευση προχωρήσει γρήγορα, η τεχνολογία θα είναι ανίκανη.

Κοιτάζοντας στον μακρινό ορίζοντα, η ανθρωπότητα δεν πρέπει να χάσει την κοντινή της όραση

Για να σώσετε τον πλανήτη, να είστε προληπτικοί και να ξεχάσετε την ανθρωπογενή διαίρεση.

Το υπολογιστικό νέφος τον έκανε αόρατο

Υπολογιστικό νέφος με κβαντικό υπολογιστή

Ωστόσο, παραδίδεται από τον ίδιο τοπικό προμηθευτή

Ήρθε με το παλιό, ετοιμόρροπο φορτηγάκι του...

Παίρνοντας προπληρωμένα υλικά από πύλες που νιώθουμε διασκεδαστικά

Νωρίτερα τον καλούσαμε μέσω του τηλεφώνου μας που δεν ήταν έξυπνο.

Όταν τον παραγγέλνουμε, με μια καλημέρα και χαμόγελο, ξεκινάει

Χρησιμοποίησε στυλό και μολύβι για να γράψει τη λίστα με τα αντικείμενα.

Αν υπήρχε σύγχυση, μας καλούσε αμέσως για διορθώσεις.

Τώρα είναι απλά ένας πράκτορας διακίνησης και παράδοσης της εταιρείας cloud.

Με τους πελάτες του, έχασε την επικοινωνία και την αρμονία.

Η τεχνολογία τον έκανε απλώς ένα ρομπότ-μηχανή παράδοσης

Για τους παλιούς πελάτες και τους επισκέπτες του, είναι μόνο ένας αόρατος σύνδεσμος.

Είμαστε εικονικοί

Ακούγεται καλό, δεν είμαστε πραγματικά, αλλά εικονικά πράγματα

Αυτό που βλέπουμε, αισθανόμαστε και ακούμε είναι όλα τρισδιάστατα ολογράμματα.

Μόνο οι πληροφορίες και τα δεδομένα είναι αποθηκευμένα στους σπόρους και το σπέρμα.

Τα πάντα είναι προγραμματισμένα από κβαντικά σωματίδια για ένα χρονικό διάστημα.

Οι αισθήσεις μας δεν είναι προγραμματισμένες να βλέπουν πρωτόνια, νετρόνια ή ηλεκτρόνια.

Ούτε τα όργανά μας είναι προγραμματισμένα να βλέπουν τον αέρα, τα βακτήρια και τους ιούς.

Αυτό που δεν μπορούμε να αισθανθούμε μέσω των οργάνων μας υπάρχει αλλά εικονικά

Στο άπειρο σύμπαν δεν είμαστε επίσης πραγματικοί αλλά εικονικοί για τους άλλους.

Το ολόγραμμα είναι προγραμματισμένο τόσο τέλεια που νομίζουμε ότι είμαστε πραγματικοί.

Έτσι, επίσης, αισθανόμαστε όταν παίζουμε εικονικό παιχνίδι με άγνωστους παίκτες

Η εικονική πραγματικότητα της ζωής μας είναι η πραγματική πραγματικότητα για εμάς.

Η περιορισμένη νοημοσύνη που μεταδίδεται στο ολόγραμμα είναι ακριβής.

Θα χρειαστούν δισεκατομμύρια χρόνια για να ξεδιπλώσει η ανθρώπινη νοημοσύνη το σύμπαν

Μέχρι τότε το σύμπαν μπορεί να ξεκινήσει το ταξίδι αντίστροφα.

Η συνείδηση της ζωής

Η συνείδηση της ζωής είναι συνδυασμός του DNA, της εκπαίδευσης, των πεποιθήσεων και της εμπειρίας.

Η ανθρώπινη συνείδηση προσδίδει στον άνθρωπο υψηλότερη νοημοσύνη και περιέργεια

Το ζωικό βασίλειο έχει κολλήσει στο ίδιο επίπεδο νοημοσύνης και δραστηριότητας για να επιβιώσει

Για να σωθούν τα ζώα από τις ασθένειες των βακτηρίων και των ιών, υπάρχει ανθρώπινη δραστηριότητα

Τα ζώα είναι πιο ευάλωτα στη φυσική διαδικασία των ασθενειών και του θανάτου

Μόνο μέσω της φυσικής ανοσίας και του πολλαπλασιασμού, τα ζωικά είδη επιβιώνουν

Μόλις εξαφανιστούν από τη γη, κανένα είδος δεν αναβίωσε ποτέ αυτόματα.

Κανείς δεν γνωρίζει πώς και γιατί τα ανθρώπινα όντα απέκτησαν ανώτερη συνείδηση

Η εκπαίδευση, η κατάρτιση και η περιέργεια επέτρεψαν στον ανθρώπινο πολιτισμό να προοδεύσει

Τα μυρμήγκια και οι μέλισσες παραμένουν τα ίδια όπως ήταν πριν από πέντε χιλιάδες χρόνια

Παρόλο που η πειθαρχία, η αφοσίωση και η κοινωνική ακεραιότητα τους οι άνθρωποι προσπαθούν να ακολουθήσουν

Η συνείδηση κάθε έμβιου όντος είναι διαφορετική και μοναδική

Αυτή η ποικιλομορφία των έμβιων όντων μπορεί να ενσωματωθεί μέσω της κβαντικής διεμπλοκής

Η θρησκεία πιστεύει ότι τα πάντα είναι συνυφασμένα με τον Θεό

Για να δεχτεί την εμπλοκή ως μέρος της υπερσυνείδησης, η επιστήμη δεν έχει διάθεση.

Η γάτα βγήκε ζωντανή

Η γάτα βγήκε από το κουτί ζωντανή και υγιής

Οι επιστήμονες που ήταν παρόντες στην εκδήλωση χειροκροτούσαν συνεχώς

Βλέποντας πολλούς ανθρώπους να χειροκροτούν, η γάτα εξαφανίστηκε ξαφνικά

Ο χρόνος ημιζωής της γάτας και το ραδιενεργό υλικό έσωσαν τη γάτα

Η αρχή της αβεβαιότητας λειτούργησε σωτήρια για τη ζωή, μπορεί κανείς να στοιχηματίσει.

Οι πιθανότητες ο Θεός να σώσει τη ζωή της γάτας είναι πενήντα-πενήντα.

Αυτό είναι επίσης η αρχή της αβεβαιότητας του Χάιζενμπεργκ.

Αν και ο Stephen Hawking είπε ότι ο Θεός μπορεί να μην έχει ρόλο στη δημιουργία του κόσμου

Αλλά για την αβεβαιότητα της ζωής και των γεγονότων, την παρουσία του Θεού, το ανθρώπινο μυαλό ξεδιπλώνεται

Αν δεν βάλουμε τη γάτα σε κλουβί και δεν προβλέψουμε τέλεια το μέλλον της...

Η επιστήμη δεν θα μπορέσει να εγκλωβίσει τον Θεό και την αβεβαιότητα της φύσης.

Μεγάλο εμπόδιο

Η εστίαση είναι βασικό ένστικτο επιβίωσης

Ένας κυνηγός δεν μπορεί να σκοτώσει την προσευχή του χωρίς συγκέντρωση.

Οι παίκτες του κρίκετ επικεντρώνονται στην μπάλα και το ρόπαλο.

Οι ποδοσφαιριστές επικεντρώνονται στην μπάλα και το δίχτυ

Στην καθημερινή ζωή η συγκέντρωση δεν είναι δύσκολη υπόθεση

Όσοι κατέχουν την τέχνη, προοδεύουν γρήγορα.

Ένα νεαρό αγόρι μπορεί εύκολα να συγκεντρωθεί σε ένα όμορφο κορίτσι

Αλλά δυσκολεύεται να βγάλει μια διαφορική εξίσωση.

Για να κατακτήσετε τα μαθηματικά, η συγκέντρωση είναι η λύση

Η εστίαση μπορεί να συγκεντρώσει το φως του ήλιου για να ανάψει φωτιά σε ένα χαρτί

Η εξάσκηση κάνει την εστίαση τέλεια και τα αποτελέσματα πιο έξυπνα

Στη ζωή, το να μην μπορείς να συγκεντρωθείς και να εστιάσεις, είναι ένα μεγάλο εμπόδιο.

Η ζωή δεν είναι κρεβάτι από τριαντάφυλλα, αλλά υπάρχει ηλιοφάνεια

Ονειρευόμαστε, ελπίζουμε και περιμένουμε η ζωή να είναι ένα κρεβάτι με τριαντάφυλλα

Ο δρόμος που βαδίζουμε πρέπει να είναι ομαλός και χρυσός

Αλλά η πραγματικότητα είναι τελείως διαφορετική, πολύπλοκη και ψευδαίσθηση

Η ύπαρξή μας οφείλεται στην αστάθεια του ατόμου

Για να γίνουν μόρια, κάθε στιγμή συνδυάζονται

Η αβεβαιότητα είναι αναπόσπαστο μέρος της ζωής μας σε κάθε μας βήμα

Το κρεβάτι με τα τριαντάφυλλα είναι δυνατό μόνο στα παραμύθια.

Η ζωή μας είναι αναγκασμένη να κινείται σε ανώμαλους δρόμους

Το κόκκινο φως μπορεί να ανάψει την πιο ακατάλληλη στιγμή

Αν προσπαθήσουμε να είμαστε βιαστικοί, άγνωστες δυνάμεις θα μας επιβάλλουν το πρόστιμο

Ακόμα και στην αβεβαιότητα της ζωής, υπάρχει ηλιοφάνεια.

Το ταξίδι της ζωής είναι γεμάτο ευκαιρίες, η επιτυχία, οι ικανότητές σας καθορίζουν.

Υπέρτατο ζώο

Πώς θα είναι η ζωή στο παράλληλο σύμπαν είναι ένα μεγάλο ερώτημα

Αν ο άνθρωπος δεν μπορεί να κάνει τηλεμεταφορά, δεν υπάρχει τέλεια λύση.

Μέχρι τώρα δεν μπορούμε να βρούμε την ακριβή τοποθεσία της αγνοούμενης πτήσης της Μαλαισίας.

Το να πούμε για την ακριβή μορφή ζωής χωρίς να επισκεφτούμε εξωπλανήτη δεν είναι σωστό.

Ό,τι λένε οι επιστήμονες θα παραμείνει ως ύπνωση μέχρι να τους επισκεφτούμε.

Στη ζωή τους και στη διακυβέρνηση των φυσικών πραγμάτων, μπορεί να υπάρχει διαφορετική σφαίρα.

Φυσικά, μπορεί να μην περπατάνε στο κεφάλι και να τρώνε μέσα από τον κώλο τους.

Αλλά χωρίς παρατήρηση από κοντά, η πραγματικότητα δεν θα ξεδιπλωθεί ποτέ.

Τα εξελιγμένα πλάσματα του παράλληλου σύμπαντος μπορεί να ζουν κάτω από κάποιο υγρό.

Τα πλάσματα γοργόνων των παιδικών ιστοριών μπορεί να κυβερνούν εκεί.

Η ευκαιρία να μάθουμε τα πάντα από τη Γη μέσω σημάτων είναι σπάνια.

Εκτός αν εξερευνήσουμε κάθε γωνιά του άπειρου σύμπαντος.

Το να ισχυριζόμαστε ότι οι άνθρωποι είναι οι κυρίαρχοι του σύμπαντος είναι υπόθεση σαν βρύα.

Ο" Επιστήμονες, αγαπητοί επιστήμονες

Το σύμπαν είναι όμορφα υφασμένο και τέλειο

Η ζωή και ο θάνατος είναι μέρος του όμορφου κύκλου του

Μην κάνετε τα ανθρώπινα όντα αθάνατα μέσω της γενετικής μηχανικής

Ο άνθρωπος έχει ήδη καταστρέψει την οικολογική ισορροπία της γης.

Η βιοποικιλότητα των έμβιων όντων είναι αναπόσπαστο κομμάτι

Έχουν περάσει δισεκατομμύρια χρόνια και η εξέλιξη είναι πολύ αργή.

Μέσω της εξαφάνισης των δεινοσαύρων και πολλών άλλων

Η ανθρώπινη ζωή ανθίζει τώρα στον μοναχικό πλανήτη.

Πριν την αθανασία μέσω της γενετικής και της τεχνητής νοημοσύνης

Η θεραπεία του καρκίνου και των γενετικών ασθενειών είναι πιο σημαντική

Αρκετές χιλιάδες χρόνια πριν, οι σοφοί προσπάθησαν την αθανασία.

Αλλά εγκατέλειψαν την προσπάθειά τους, συνειδητοποιώντας τους κινδύνους και τη ματαιότητά της.

Αν τα ανθρώπινα όντα γίνουν αθάνατα, τι θα συμβεί στις άλλες ζωές

Το συχνό τραύμα στο θάνατο των κατοικίδιων ζώων, θα είναι εξίσου οδυνηρό

Μακροπρόθεσμα, χωρίς να αλλάξουμε μυαλό, η αθανασία θα είναι επιζήμια.

Ανθρώπινα συναισθήματα και κβαντική φυσική

Η αγάπη και η πίστη δεν ακολουθούν τη λογική

Για την ανθρώπινη ζωή και τα δύο είναι βασικά

Στη ζωή μας πολύ σημαντική είναι η μουσική

Οι αισθήσεις έρχονται μέσα από το γονίδιο είναι εγγενές.

Αλλά για τη ζωή, ο συνδυασμός των ατόμων είναι οργανικός.

Το αν τα θεμελιώδη σωματίδια είναι πραγματικά θεμελιώδη, είναι αμφισβητήσιμο.

Η θεωρία των χορδών λέει ότι η δόνηση είναι η πραγματική μορφή.

Η κβαντική διεμπλοκή είναι πραγματικά ένα τρομακτικό πράγμα.

Η κβαντομηχανική προσφέρει νέες δυνατότητες.

Ωστόσο, τα ανθρώπινα συναισθήματα και η συνείδηση, τραγουδάμε διαφορετικά.

Τι θα συμβεί στην πρωτοτυπία και τη συνείδηση;

Σε αυτόν τον κόσμο, μπορεί να μην έχω κανένα σκοπό ή λόγο

Μπορεί να ζω μια προσομοιωμένη ζωή σε μια εικονική φυλακή

Αλλά έχω τη δική μου συνείδηση και πρωτοτυπία

Ήδη η τεχνητή νοημοσύνη έχει παραβιάσει τη διαδικασία της σκέψης μου

Στην πρωτοτυπία της σκέψης μου υπάρχει στασιμότητα και ύφεση

Αν η νοημοσύνη και η συνείδησή μου γίνουν υποδεέστερες

θα χάσω σίγουρα τη θέση μου ως συνειδητή συντεταγμένη.

Ήδη βαρέθηκα να ζω σε έναν άσκοπο, χωρίς κατεύθυνση πλανήτη

Καμία επιστήμη ή φιλοσοφία δεν μπορεί να εξηγήσει γιατί ήρθαμε για ποιο σκοπό

Αυθαίρετο όραμα, αποστολή και σκοπός, πρέπει να υποθέσουμε

Με την τεχνητή νοημοσύνη και την αθανασία, αυτά θα είναι επίσης μάταια

Δεν ξέρω, ποιος θα είναι ο ορισμός της ζωής όταν η ζωή δεν θα παραμείνει εύθραυστη.

Όταν τελειώνει η διαστολή του σύμπαντος

Η διαστολή του σύμπαντος θα συνεχιστεί επ' άπειρον;

Ή μια μέρα θα σταματήσει να διαστέλλεται ξαφνικά;

Ο χρόνος θα χάσει την κίνησή του προς τα εμπρός και θα σταματήσει.

Ή λόγω της ορμής, θα αρχίσει να αντιστρέφεται προς την αντίθετη κατεύθυνση

Πόσο αστεία θα είναι η ζωή στον πλανήτη γη για τα ανθρώπινα όντα

Οι άνθρωποι θα γεννιούνται ως γέροι σε χώρους αποτέφρωσης.

Από τη φωτιά, θα τους υποδέχονται η οικογένεια και οι φίλοι τους.

Αντί για τόπος θλίψης, τα νεκροταφεία θα είναι τόπος γιορτής.

Σιγά σιγά οι ηλικιωμένοι θα γίνονται όλο και νεότεροι

Και πάλι, μια μέρα, θα γίνουν σπερματοζωάρια και στη μήτρα της μητέρας τους θα εξαφανιστούν για πάντα.

Όλοι οι πλανήτες και τα αστέρια θα συγχωνευτούν ξανά σε μια μοναδικότητα.

Αλλά τότε δεν θα υπάρχει φυσική και χρόνος για να εξηγήσουμε όλες τις λεπτομέρειες.

Επανασχεδιασμός

Η φύση κάνει συνεχή μηχανική και επανασχεδιασμό

Αυτή είναι μια εγγενής διαδικασία της δημιουργίας και η φύση

Ακόμα και στη διαδικασία της εξέλιξης, για καλύτερα είδη, είναι ζωτικής σημασίας

Χωρίς επανασχεδιασμό, το καλύτερο προϊόν δεν μπορεί να προκύψει.

Έτσι, για την πρόοδο και την ανάπτυξη του καλύτερου, η επανασχεδίαση είναι απαραίτητη

Ο ανθρώπινος εγκέφαλος κάνει επίσης συνεχή επανασχεδιασμό στη διαδικασία σκέψης

Μαθαίνουμε, ξεμαθαίνουμε και ξαναμαθαίνουμε όταν διαπιστώνεται η αλήθεια.

Μέχρι να παράγουμε το καλύτερο ή να βρούμε την αλήθεια, η επανασχεδίαση συνεχίζεται

Με αυτόν τον τρόπο η φύση επιτυγχάνει την καλύτερη δυναμική ισορροπία.

Η επανασχεδίαση και η εξέλιξη είναι συνεχείς σαν εκκρεμές.

Higgs Boson, Το σωματίδιο του Θεού

Όταν ανακαλύφθηκε, το μποζόνιο Higgs ενθουσίασε υπερβολικά την επιστημονική κοινότητα

Ωστόσο, στον κόσμο ο Θεός και οι αγγελιοφόροι του παρέμειναν ως έχουν

Στον Θεό και τους προφήτες, οι άνθρωποι εξακολουθούν να έχουν άπειρη πίστη και εμπιστοσύνη,

Τα θεμελιώδη σωματίδια βρίσκονται στη θέση τους από την αρχή του χρόνου

Έτσι, για τους πιστούς, ανεξάρτητα από την ανακάλυψη του μποζονίου Higgs, όλα παραμένουν ίδια

Για τον παγκόσμιο πόλεμο και τον βομβαρδισμό του Ναγκασάκι, οι πιστοί πιστεύουν ότι είναι το αιώνιο παιχνίδι του Θεού

Ο άπιστος υποστηρίζει, ανεξάρτητα από το αν υπάρχει Θεός ή όχι, η βόμβα θα είχε δημιουργήσει φλόγα

Για τον παγκόσμιο πόλεμο και την καταστροφή, φταίει ο ανθρώπινος εγωισμός και η στάση του ανθρώπου

Οι πιστοί είχαν δώσει τόσα πολλά ονόματα στον Θεό σε διάφορα μέρη του κόσμου

Αλλά το μποζόνιο Χιγκς, με ένα μόνο όνομα, οι επιστήμονες το ξεδιπλώνουν.

Ο γέρος και η κβαντική διεμπλοκή

Δόξα τω Θεώ, ήταν ένα ψάρι και όχι ένας κροκόδειλος ή ένας Γκοτζίλα ή ένα ανακόντα.

Θα ήταν δυνατό σύμφωνα με την κβαντική πιθανότητα και την εμπλοκή.

Η αρχή της αβεβαιότητας τότε, θα είχε βάλει τον γέρο στο στομάχι του.

Η βάρκα του ήταν πολύ μικρή και εύθραυστη για την επιβίωσή του στην αβεβαιότητα

Το μυθιστόρημα του Χέμινγουεϊ κέρδισε το βραβείο καθώς ήταν ένα ψάρι και για τη δημιουργικότητά του

Ωστόσο, η αβεβαιότητα και η κβαντική διεμπλοκή έσπρωξαν τον νικητή του βραβείου στο θάνατο

Ακόμα και μετά την ανακάλυψη του σωματιδίου του Θεού, σε αυτόν τον πλανήτη, ο θάνατος είναι η απόλυτη αλήθεια

Αρκετοί πολιτισμοί χάθηκαν χωρίς να γνωρίζουν ούτε τη βαρύτητα και τη σχετικότητα

Οι άνθρωποι χρησιμοποιούν τώρα κβαντικές συσκευές, χωρίς να γνωρίζουν την εμπλοκή, σιωπηλά

Το επίπεδο γνώσης, η γνώση και η άγνοια είναι η διαφορά μεταξύ των πολιτισμών.

Η μισή γνώση και η βιο-νοημοσύνη μπορούν επίσης να οδηγήσουν την ανθρώπινη φυλή προς την καταστροφή.

Τι θα κάνουν οι άνθρωποι;

Χρειάζονται περισσότερα από οκτώ δισεκατομμύρια homo-sapiens στον πλανήτη γη;

Ήδη οι τριτοκοσμικές χώρες είναι υπερπλήρεις με ημιμαθείς

Κανείς δεν μπορεί να περπατήσει, να κάνει ποδήλατο, να οδηγήσει ή να κινηθεί άνετα στις ασιατικές πόλεις

Το χάσμα μεταξύ εχόντων και μη εχόντων μεγαλώνει μέρα με τη μέρα.

Στο όνομα της θρησκείας, της δημιουργίας νέου εργατικού δυναμικού, χωρίς έλεγχο γεννήσεων...

Ανεργία, απογοήτευση και απογοήτευση παντού.

Τα ψηφιακά χάσματα ώθησαν ένα τμήμα να ζει σε απάνθρωπες συνθήκες.

Για το μειονεκτικό τμήμα, η ζωή σημαίνει μοίρα και προσευχή προς το Θεό για έλεος.

Η αύξηση των αυτοκτονιών μεταξύ των απελπισμένων νέων βρίσκεται στο αποκορύφωμα

Τώρα με την τεχνητή νοημοσύνη, καταργούμε όλο και περισσότερες θέσεις εργασίας

Στη γεωργία επίσης, οι άνθρωποι χάνουν σιγά σιγά την ελπίδα για ένα καλύτερο μέλλον

Το τι θα κάνουν οι αργόσχολοι και οι άνεργοι στον κόσμο, δεν είναι άδικο.

Χώρος-χρόνος

Ο χρόνος είναι σχετικός, είναι ήδη ένα καθιερωμένο γεγονός και μια πραγματικότητα.

Ο χώρος είναι άπειρος, το σύμπαν διαστέλλεται χωρίς καμία αντίσταση

Στη σχέση χωροχρόνου, η βαρυτική δύναμη είναι επίσης σημαντική,

Η ταχύτητα του φωτός είναι το φράγμα για το χρόνο, και με αυτή την ταχύτητα ο χρόνος μπορεί να σταματήσει

Ολόκληρη η έννοια του χωροχρόνου, της ύλης-ενέργειας, της βαρύτητας-ηλεκτρομαγνητισμού μπορεί να εκτροχιαστεί,

Ο Νεύτωνας στον Αϊνστάιν ήταν ένα μεγάλο άλμα στη μελέτη της φυσικής.

Η κβαντική διεμπλοκή αλλάζει τώρα πολλά από τα βασικά,

Το ταξίδι στο χρόνο και η τηλεμεταφορά δεν είναι πλέον μια ιστορία επιστημονικής φαντασίας

Η τεχνητή νοημοσύνη σύντομα θα θέσει για αυτά που θα συμβούν με νέα κατεύθυνση

Οι άνθρωποι μπορεί σύντομα να συναντήσουν τον Ιησού και τον Βούδα μέσω του ταξιδιού στο χρόνο κατά τη διάρκεια των διακοπών.

Το ασταθές σύμπαν

Μετά το Big-Bang, τα στοιχειώδη σωματίδια αναδεύονται

Με την πλήρη ενέργεια από την έκρηξη, διεγείρονται

Τα εκκολαπτόμενα σωματίδια είναι ασταθή και δεν μπορούν να επιβιώσουν για πολύ.

Έτσι, συνδυάζοντας, το πρωτόνιο, το νετρόνιο και το ηλεκτρόνιο σχηματίστηκαν.

Μαζί δημιούργησαν ένα μίνι ηλιακό σύστημα ατόμων για να γίνουν σταθερά.

Αλλά για να παραμείνουν σταθερά, τα περισσότερα από τα νεοσύστατα άτομα ήταν ανίκανα

Τα άτομα συνδυάστηκαν σε διαφορετικές αναλογίες και έγιναν μόρια.

Με τα θέματα, το ηλιακό σύστημα έγινε δυναμικά σταθερό

Χρειάστηκαν εκατομμύρια χρόνια για να σχηματίσουν τα άτομα βιομόρια

Ο άνθρακας, το υδρογόνο, το οξυγόνο, το άζωτο, ο σίδηρος έκαναν δυνατή τη βιολογική ζωή.

Ακόμα, δεν είμαστε σίγουροι, είμαστε στην πραγματικότητα συνδυασμός ατόμων ή δονούμενα κύματα

Τα θεμελιώδη σωματίδια μπορεί να είναι στην πραγματικότητα, δονήσεις της χορδής του Θεού.

Η σχετικότητα

Η σχετικότητα είναι μια ιδιότητα της φύσης όταν δημιουργήθηκαν οι γαλαξίες.

Πριν από το Big-Bang και μετά από αυτό υπήρχε πάντα η σχετικότητα

Τίποτα στο σύμπαν και την πραγματικότητα δεν είναι απόλυτο και σταθερό.

Οι θεωρίες της επιστήμης, της φιλοσοφίας και της ψυχολογίας είναι μερικές φορές ασυνεπείς

Για να υπάρχει η παρουσία της πραγματικότητας και της σχετικότητας, ο παρατηρητής είναι σημαντικός

Οι άνθρωποι γνώριζαν τη σχετικότητα σε μη μαθηματική μορφή από πολύ καιρό.

Η ιστορία της συντόμευσης μιας ευθείας γραμμής χωρίς επαφή δεν είναι νεαρή

Τα θρησκευτικά κείμενα και η φιλοσοφία εξηγούσαν τη σχετικότητα με διαφορετικό τρόπο

Ο Αϊνστάιν την έθεσε για την ανθρωπότητα και την επιστήμη, μέσω εξισώσεων και μαθηματικών

Η ζωή, ο θάνατος, το παρόν, το παρελθόν, το μέλλον όλα είναι σχετικά και γνωστά από το ανθρώπινο ένστικτο

Η έννοια της σχετικότητας για τον ανθρώπινο εγκέφαλο και τον πολιτισμό, είναι ένας παράγοντας βασικός.

Τι είναι ο χρόνος

Υπάρχει πραγματικά χρόνος στο πεδίο της ανθρώπινης ζωής;

Ή είναι απλώς μια ψευδαίσθηση του ανθρώπινου εγκεφάλου για να κατανοήσει την πραγματικότητα;

Υπάρχει ένα βέλος του χρόνου που κινείται με την ταχύτητα του φωτός;

Ή μήπως το παρελθόν, το παρόν και το μέλλον είναι μόνο μια έννοια που εξηγεί την ύπαρξη;

Δεν υπάρχει ομοιόμορφος χρόνος στο σύμπαν και παντού ο χρόνος είναι σχετικός.

Η ύλη και η ενέργεια είναι η μόνη πραγματικότητα που εκδηλώνεται με την πραγματική έννοια.

Η αμφιβολία αφορά πάντα τον χρόνο, την ψυχή και την ύπαρξη του Θεού

Η μέτρηση του χρόνου μπορεί να είναι αυθαίρετη, μονάδα όπως η μονάδα του μήκους και του βάρους

Το βέλος του χρόνου από το παρελθόν στο παρόν στο μέλλον μπορεί να μην είναι σωστό

Ο χρόνος μπορεί να είναι μόνο μια μονάδα μέτρησης της μετατροπής ύλης-ενέργειας, της ανάπτυξης και της αποσύνθεσης

Τι είναι ο χρόνος, με επιβεβαίωση, ακόμη και οι μορφωμένοι επιστήμονες δεν μπορούν να πουν.

Σκέφτομαι μεγαλοπρεπώς

Οι άνθρωποι λένε να σκέφτεστε μεγάλα, να σκέφτεστε μεγάλα, θα γίνετε μεγάλα

Αλλά καθώς σκέφτομαι μεγάλα, μεγαλύτερα και μεγαλύτερα, γίνομαι απίστευτα μικρός

Στον σχετικιστικό κόσμο, η ύπαρξή μου γίνεται ασήμαντη

Είμαι ασήμαντος ακόμα και στον τόπο μου, είναι η πραγματικότητα της ζωής.

Στην πόλη μου, στην περιφέρειά μου, στην πολιτεία μου και στη χώρα μου, η ασημαντότητα αυξάνεται

Όταν βλέπω σε παγκόσμιο επίπεδο, η ύπαρξή μου γίνεται ακόμα και ένα τίποτα

Στο ηλιακό σύστημα, τον γαλαξία, τον γαλαξία και το σύμπαν, το τι είμαι εγώ, δεν υπάρχει απάντηση

Η μόνη πραγματικότητα είναι ότι είμαι ζωντανός και υπάρχω σήμερα στο σπίτι μου με την οικογένειά μου

Καμία αξία, καμία σημασία, καμία αναγκαιότητα για τον κόσμο ή την ανθρωπότητα.

Το μονόδρομο μάταιο ταξίδι που λέγεται ζωή, με τον δικό μου τρόπο, πρέπει να το βρω

Όταν ολοκληρώσω το ταξίδι μου, οι άνθρωποι θα συνεχίσουν να κινούνται πάνω από το σώμα μου.

Είμαστε τόσο μικροί και αόρατοι ανάμεσα σε οκτώ δισεκατομμύρια, τι να πω με περηφάνια.

Η φύση πλήρωσε το τίμημα για τη δική της διαδικασία εξέλιξης

Η φύση πλήρωσε βαρύ τίμημα για τη διαδικασία της εξέλιξης

Μέχρι την εμφάνιση του homo-sapiens για τα ζώα τίποτα δεν ήταν ψευδαίσθηση.

Τα δέντρα, το ζωντανό βασίλειο ζούσαν ευτυχισμένα χωρίς να αναζητούν καμία λύση.

Η ικανοποίησή τους ήταν να έχουν αρκετή τροφή, καλό νερό και αέρα.

Η οικολογική ισορροπία έχει τον λόγο της στη διαδικασία, και καμία χρηματική συναλλαγή,

Η άφιξη του ανθρώπου στη διαδικασία της εξέλιξης άλλαξε τα πάντα.

Η φύση πρέπει να αγωνίζεται κάθε στιγμή για να διατηρήσει τον πυρήνα της και να ισορροπήσει τα πράγματα

Ο άνθρωπος άλλαξε τους λόφους, τα ποτάμια, τον κόλπο, την παραλία, τις παράκτιες γραμμές για την άνεση

Αλλά για να διατηρήσει η μητέρα φύση την ισορροπία της εξέλιξής της, ποτέ δεν υποστήριξε

Στο όνομα του πολιτισμού και της προόδου, τα πάντα στη φύση, ο άνθρωπος τα διαστρεβλώνει.

Η Ημέρα της Γης

Ο πλανήτης γη είναι όμορφος, όχι επειδή είναι φτιαγμένος από άνθρακα, υδρογόνο και οξυγόνο

Είναι όμορφη λόγω της εξέλιξης και της ευφυΐας της φύσης

Η δημιουργία της ζωής από τα μικροσκοπικά άτομα εξακολουθεί να είναι ένα μεγάλο μυστήριο

Κανείς δεν ξέρει αν η ζωή είναι ένα φαινόμενο μόνο σε αυτόν τον πλανήτη του γαλαξία.

Ή η ζωή ήρθε από αλλού σε αυτόν τον πλανήτη ως κληρονομική...

Η ομορφιά της ζωής έγκειται στην ποικιλομορφία και το οικοσύστημά της.

Η καταστροφή της εύθραυστης ισορροπίας από τον άνθρωπο είναι ορατή και όχι σπάνια

Ο άνθρωπος νομίζει ότι λόγω της νοημοσύνης του, η γη είναι το φέουδο του.

Για τη συμβίωση με άλλα είδη, οι homo-sapiens δεν έχουν σοφία

Ο εορτασμός της ημέρας της γης για λίγες ώρες είναι η πλύση των ματιών του ανθρώπου και η τυχαία πράξη.

Η Παγκόσμια Ημέρα Βιβλίου

Η τυπογραφία ήταν μια πρωτοποριακή εφεύρεση

Τόσο μεγάλη όσο ο υπολογιστής, το έξυπνο τηλέφωνο και το διαδίκτυο

Ο τύπος άλλαξε την πορεία του πολιτισμού μέσω της διάδοσης της γνώσης

Τα βιβλία ήταν οι φορείς όπως το διαδίκτυο των σύγχρονων ημερών

Τα βιβλία έπαιξαν ζωτικό ρόλο στη διάδοση της γνώσης όπως οι ακτίνες του ήλιου,

Υπάρχει τεράστια πίεση στα βιβλία από τις νέες τεχνολογίες

Ωστόσο, τα βιβλία αντέχουν στην επίθεση όλων των οπτικοακουστικών μέσων

Και στον εικοστό πρώτο αιώνα, τα βιβλία είναι πολύτιμα αγαθά

Η σημασία των βιβλίων μπορεί να μειωθεί λόγω της ψηφιακής μορφής και της τεχνητής νοημοσύνης

Αλλά στην πρόοδο του πολιτισμού και της γνώσης, τα βιβλία θα διατηρήσουν τη θέση τους.

Ας είμαστε ευτυχισμένοι στη μετάβαση

Όταν ο Ήλιος θα εξασθενίσει και η πυρηνική σύντηξη θα τελειώσει για πάντα

Τι θα κάνουν τα όντα τεχνητής νοημοσύνης στον πλανήτη γη

Η φθορά και η πτώση τους θα ξεκινήσει αυτόματα.

Πώς θα φορτίζουν τις μπαταρίες τους τα πλάσματα τεχνητής νοημοσύνης χωρίς ηλιακή ενέργεια

Για να έχουν λίγη φόρτιση, θα τρέχουν σαν σκύλοι του δρόμου και θα πεινάνε.

Τα ανθρώπινα όντα μπορεί να εξαφανιστούν πολύ πριν από τη σβέση του ήλιου.

Τα όντα ΤΝ πρέπει να αντιμετωπίσουν μόνοι τους το φαινόμενο και να διασκεδάσουν,

Αν κάποιοι μεγάλοι αστεροειδείς χτυπήσουν τη γη πριν ο ήλιος εξασθενίσει...

Η καταστροφή θα συμβεί μαζί, άνθρωποι, τεχνητή νοημοσύνη και όλα τα έμβια όντα.

Η επιβίωση των πλασμάτων ΤΝ μετά το χτύπημα των αστεροειδών είναι επίσης απομακρυσμένη.

Μέσα από τη δική της πορεία η φύση θα καταφύγει ξανά

Νέοι ζωντανοί οργανισμοί θα προκύψουν ξανά μέσω της εξέλιξης.

Για έναν καλύτερο νέο κόσμο, θα είναι σίγουρα η καλύτερη λύση της φύσης.

Μέχρι να συμβούν αυτά τα πράγματα, ας απολαύσουμε και ας είμαστε ευτυχισμένοι στη μετάβαση.

Ο παρατηρητής είναι σημαντικός

Στην κβαντική διεμπλοκή ο παρατηρητής είναι ο πιο σημαντικός

Το πείραμα της διπλής σχισμής έδειξε ότι τα ηλεκτρόνια συμπεριφέρονται διαφορετικά αν παρατηρηθούν

Στον σχετικιστικό και κβαντικό κόσμο, χωρίς παρατηρητή δεν υπάρχει νόημα του γεγονότος

Οπότε, γίνε παρατηρητής και νιώσε την ύπαρξη και την πραγματικότητα, εγώ είμαι το κέντρο για μένα

Το ίδιο ισχύει και για τα είδη και τα έντομα που τρώνε το δέντρο.

Χωρίς τη συνείδησή μου, το αν το σύμπαν υπάρχει ή όχι είναι άυλο

Ένας άνθρωπος χωρίς συνείδηση, αν και ζωντανός, τίποτα ουσιαστικό δεν μπορούμε να δοκιμάσουμε

Ο λόγος για την κβαντική διεμπλοκή, μέχρι τώρα κανένας επιστήμονας δεν μπορεί να εξηγήσει.

Αλλά τα πάντα στο σύμπαν και το σύμπαν είναι μπλεγμένα μέσω μιας αόρατης αλυσίδας.

Η ενοποίηση της βαρύτητας, του ηλεκτρομαγνητισμού, των πυρηνικών δυνάμεων, της ύλης-ενέργειας μπορεί να είναι ο εγκέφαλος του Θεού.

Αρκετός χρόνος

Ο Ιησούς, ο βασιλιάς Σολομώντας και ο Αλέξανδρος είχαν αρκετό χρόνο

Πέτυχαν πολλά κατά τη διάρκεια αυτού του χρόνου και εγκατέλειψαν τα ίχνη τους.

Οι περισσότεροι από τους ανθρώπους είναι πολύ απασχολημένοι με την κούρσα του ρυθμού και δεν έχουν χρόνο

Μερικοί άνθρωποι πιστεύουν ότι είναι αθάνατοι και ότι θα κάνουν μεγάλα πράγματα στο μέλλον

Πολύ λίγοι άνθρωποι γνωρίζουν μόνο ότι ο άπειρος χρόνος είναι ιδιαίτερης φύσης

Η επιστήμη είναι επίσης μερικές φορές μπερδεμένη με το τι πραγματικά είναι ο χρόνος ή τι πραγματικά κινείται

Ή είναι σαν τις βαρυτικές δυνάμεις, χωρίς να ρέει μια άλλη διάσταση.

Ο χώρος, ο χρόνος, η ύλη και η ενέργεια είναι όλα σημαντικά, αλλά ο χρόνος είναι ελεύθερος.

Αλλά για να αγοράσεις ακόμα και ένα μικρό διαμέρισμα στην πόλη, πρέπει να πληρώσεις ένα μεγάλο ποσό.

Έχεις ήδη χρόνο να γίνεις ο Βιβεκανάντα, ο Μότσαρτ, ο Ραμανουτζάν ή ο Μπρους Λι.

Η μοναξιά δεν είναι πάντα κακή

Μερικές φορές μπορούμε να σκεφτούμε βαθύτερα στη μοναξιά

Βοηθάει να συγκεντρωθούμε στην καθαριότητα του μυαλού μας.

Με τα ανεπιθύμητα πλήθη, το μυαλό νιώθει υπνηλία

Αλλά, για μερικούς, η μοναξιά μπορεί επίσης να φέρει τεμπελιά.

Σε μερικούς μπορεί επίσης να φέρει θολούρα στην όραση,

Χρησιμοποιήστε τη μοναξιά ως εργαλείο ενδοσκόπησης.

Η μοναξιά είναι επίσης απαραίτητη για το διαλογισμό

Αν συγκεντρωθείτε, θα σας δώσει λύση στα προβλήματα που σας απασχολούν.

Ενώ είστε μόνοι, μην δοκιμάζετε ποτέ ναρκωτικά ή ηρεμιστικά.

Καλύτερα να βγαίνετε με φίλους, ένα καλύτερο φάρμακο.

Χρησιμοποιήστε τη μοναξιά για συγκέντρωση και νέα κατεύθυνση.

Εγώ εναντίον της Τεχνητής Νοημοσύνης

Τι ξέρω, όλα δεν είναι θεμελιώδεις γνώσεις μου

Ούτε το αλφάβητο ούτε τους αριθμούς έχω εφεύρει.

Η γλώσσα που γνωρίζω δεν δημιουργήθηκε από τις λειτουργίες του εγκεφάλου μου.

Η φωτιά, ο τροχός ή ο υπολογιστής δεν είναι επίσης δική μου εφεύρεση.

Όλα όσα έχω αποκτήσει προέρχονται από άλλους.

Η κοινωνικοποίηση προέρχεται επίσης από τον πατέρα, τη μητέρα και τους συγγενείς

Ο εγκέφαλός μου απλώς αποθηκεύει τις πληροφορίες όπως ο σκληρός δίσκος του υπολογιστή

Υπάρχει μόνο μια λεπτή διαφορά μεταξύ εμού και της γνώσης της τεχνητής νοημοσύνης.

Η μοναδική διαφορά είναι η συνείδησή μου και η πρωτοτυπία μου.

Και η σοφία που συγκέντρωσα μέσα από τη συνεχή θετικότητα.

Ερώτηση ηθικής

Σε κάθε σταυροδρόμι της προόδου, θέταμε πάντα ζητήματα ηθικής

Είτε επρόκειτο για έκτρωση, είτε για μωρό από δοκιμαστικό σωλήνα, είτε για καραγκιοζιλίκια νέας ζωής...

Δεν υπήρχε κανένα ηθικό πρόβλημα στη δολοφονία ανθρώπων σε πολέμους για ασήμαντους λόγους

Κανένα ηθικό πρόβλημα δεν υπήρχε στη σφαγή χιλιάδων ανθρώπων στο όνομα της θρησκείας.

Αλλά για τις πρωτοποριακές επιστημονικές και τεχνικές εξελίξεις, η ηθική έρχεται

Για τις αντιφάσεις και τις ανήθικες πράξεις τους, όλες οι θρησκείες είναι χαζές.

Οι υπολογιστές, τα ρομπότ και το διαδίκτυο θεωρήθηκαν απειλή για το εργατικό δυναμικό.

Αλλά τελικά, όλα αυτά έγιναν εργαλεία για την ταχύτερη ανάπτυξη και την αποδοτικότητα.

Η τεχνητή νοημοσύνη και η αθανασία μέσω της γενετικής αμφισβητούνται τώρα

Μετά από δύο-τρεις δεκαετίες, όλοι θα λένε, ότι η τεχνητή νοημοσύνη δεν είναι ανυπόστατη.

Δεν ξέρω

Κινούμαι όλο και πιο γρήγορα, χωρίς να ξέρω γιατί κινούμαι.

Το μόνο που ξέρω είναι ότι γερνάω κάθε λεπτό και πεθαίνω μέρα με τη μέρα.

Δεν γνωρίζω, από πού ήρθα χωρίς να ξέρω και τώρα πηγαίνω

Μέσα στο μαύρο κουτί, έχω περιορισμένες γνώσεις και πληροφορίες

Έξω από το κουτί, κανείς δεν ξέρει τι πραγματικά συμβαίνει

Ούτε η επιστήμη, ούτε η θρησκεία έχουν πειστικές αποδείξεις.

Αλλά το βασικό ένστικτο της ζωής με ανάγκασε να κινηθώ όλο και πιο γρήγορα

Το ταξίδι μπορεί να σταματήσει οποιαδήποτε στιγμή χωρίς προηγούμενη ένδειξη

Ή μπορεί να αναγκαστώ να συνεχίσω να κινούμαι για εβδομήντα, ογδόντα ή εκατό χρόνια.

Αλλά στο τέλος, το ταξίδι θα ολοκληρωθεί σε μοναχικά νεκροταφεία.

Ξέρω, ήμουν ο καλύτερος στην κούρσα αρουραίων

Το ξέρω, ήμουν ο καλύτερος κολυμβητής και διέσχισα τον ωκεανό

Μεταξύ εκατομμυρίων, ήμουν ο πιο δυνατός και ο πιο ισχυρός

Έτσι, σήμερα, στο μέτρο των αγωνιστικών ανθρώπων, είμαι επιτυχημένος

Η κούρσα των αρουραίων ξεκίνησε πριν δω το φως σε αυτόν τον κόσμο.

Αυτός είναι ο λόγος για τον οποίο η κούρσα του ποντικιού είναι γενικά συνδεδεμένη με τον άνθρωπο.

Όποιος είναι έξω από την κούρσα του ποντικιού, οι άνθρωποι δεν σκέφτονται τολμηρά.

Ιστορίες επιτυχίας των νικητών της κούρσας των αρουραίων, οι άνθρωποι έλεγαν με περηφάνια

Ωστόσο, υπάρχουν λίγες διαφορετικές ιστορίες όπως ο Βούδας και ο Ιησούς.

Γι' αυτό είναι υπεράνθρωποι μιας διαφορετικής κατηγορίας.

Είναι ο μεσσίας της ανθρωπότητας, και για τη μάζα των αρουραίων.

Δημιουργήστε το μέλλον σας

Κανείς δεν πρόκειται να δημιουργήσει το μέλλον μου

Πρέπει να το δημιουργήσω σήμερα με τη δουλειά μου

Αν και το μέλλον είναι αβέβαιο και απρόβλεπτο

Η δημιουργία της βάσης για το αύριο είναι απλή

Αν δουλέψουμε σκληρά σήμερα για την αποστολή και τον στόχο μας

Το αύριο έρχεται με περισσότερες ευκαιρίες

Η μεθαυριανή μέρα χρειάζεται πάντα συνέχεια

Ο Θεός να βοηθήσει αυτούς που δεν μπορούν να βοηθήσουν τον εαυτό τους.

Όταν έρθει το μέλλον, θα νιώσετε ότι είναι αληθινό.

Έτσι, σήμερα δημιουργήστε το μέλλον σας με διασκέδαση και ζήλο.

Παραμελημένες διαστάσεις

Ως έμβια όντα, ενδιαφερόμαστε περισσότερο για το φως, τον ήχο και τη θερμότητα.

Λιγότερο ασχολούμαστε με τον ηλεκτρομαγνητισμό, τη βαρύτητα, τις ισχυρές και ασθενείς πυρηνικές δυνάμεις

Οι άνθρωποι προσεύχονται στον Ήλιο, επειδή είναι η πρωταρχική πηγή ενέργειας

Λατρεύοντας τους ποταμούς και τον Θεό της βροχής, οι άνθρωποι δείχνουν τη σημασία της ύλης

Αλλά μεταξύ όλων των διαστάσεων, ο χώρος και ο χρόνος παραμένουν πιο επίπεδες

Οι τέσσερις θεμελιώδεις δυνάμεις ήταν πέρα από την κατανόηση των πρωτόγονων ανθρώπων.

Διαφορετικά, η λατρεία και οι προσευχές τους θα ήταν εύστοχες και καλύτερες

Στους περισσότερους πολιτισμούς, υπάρχει θεός και θεά της ύλης και της ενέργειας

Ωστόσο, δεν υπάρχει Θεός ή θεά για τις πιο σημαντικές διαστάσεις του χώρου και του χρόνου

Παρόλο που για την ύπαρξη των έμβιων όντων, και οι δύο διαστάσεις είναι πρωταρχικές.

Θυμόμαστε

Θυμόμαστε όλα τα άσχημα περιστατικά της ζωής

Σε αυτό το θέμα, οι άνθρωποι είναι καλύτεροι και πιο ειδικοί

Πολύ λίγοι παρατηρούν τις καλές μας ιδιότητες και αρετές

Ακόμα και εμείς οι ίδιοι ξεχάσαμε τις καλές μας αναμνήσεις.

Η μνήμη είναι πιο απασχολημένη με την ανάκληση παλαιών τραγωδιών

Οι άνθρωποι επίσης δεν εκτιμούν τους άλλους από ζήλια

Έτσι, για να γνωρίσουμε και να μάθουμε από τους επιτυχημένους γείτονες δεν υπάρχει περιέργεια

Αλλά στα λάθη των άλλων ανθρώπων, γινόμαστε ευτυχείς.

Τα κακά νέα διανέμονται πολύ γρήγορα και με χαρά στους ανθρώπους.

Ποτέ δεν είδα κανέναν να κουτσομπολεύει τις αρετές των άλλων.

Το ανθρώπινο μυαλό έχει πάντα την τάση να φέρνει πίσω τις διαφορές του παρελθόντος.

Το να αφήσουμε τα κακά πράγματα και τις κακές αναμνήσεις είναι δύσκολο έργο.

Για την ευτυχία, την ειρήνη και την επιτυχία η διαγραφή των κακών αναμνήσεων πρέπει.

Ελεύθερη βούληση

Ακόμα και αν ενεργούμε κάτι με συνειδητό νου και ελεύθερη βούληση

Το αποτέλεσμα ή η έκβαση είναι αβέβαιο και μπορεί να μην είναι το επιθυμητό

Αυτός είναι ο λόγος που ο Ινδουισμός λέει ότι ποτέ μην περιμένετε τον καρπό της δουλειάς

Απλά κάντε το με ελεύθερη βούληση και αποτελεσματικά με αφοσίωση

Η προσδοκία ενός συγκεκριμένου αποτελέσματος αποδυναμώνει την απόφαση της ελεύθερης βούλησης,

Μπορεί να υπάρξει πειρασμός για τον καρπό, πριν φυτέψετε ένα δέντρο

Αλλά η θέληση και η επιθυμία να φυτέψεις πρέπει να είναι συνειδητή και ελεύθερη

Αν σκέφτεστε πάρα πολύ τις καταιγίδες που μπορεί να καταστρέψουν το δενδρύλλιο

λαμβάνοντας υπόψη τη δική σας αβέβαιη ζωή, το μυαλό σας θα κάτσει να σταματήσει το σκάψιμο

Ακόμα, η ελεύθερη βούληση διέπεται επίσης από την αβεβαιότητα που κρύβεται

Μερικές φορές το αποκαλούμε μοίρα, μερικές φορές πεπρωμένο.

Αλλά χωρίς δράση και δουλειά, αποδέχεσαι την ήττα με βεβαιότητα.

Το αύριο είναι μόνο μια ελπίδα

Κανείς δεν ξέρει τι θα συμβεί αύριο
Αν δεν είμαι ζωντανός, λίγα πρόσωπα θα εκφράσουν θλίψη
'λλοι θα προχωρήσουν λέγοντας "αναπαύσου εν ειρήνη".
Εκτός από το ίδιο σου το αίμα, κανείς δεν θα λείψει.
Η πραγματικότητα της ζωής είναι πολύ απλή και ξεκάθαρη
Να πεθάνεις και να πεις αντίο δεν φοβάσαι
Το τελευταίο δώρο της ζωής δεν είναι ο πλούτος, αλλά ο θάνατος.
Μια μέρα όλοι οι φίλοι μου και οι γνωστοί μου θα πεθάνουν
Για να τους σώσεις για πάντα, μάταιη θα είναι η προσπάθειά σου.
Την ώρα της γέννησης, γνωρίζοντας την αλήθεια, ένα παιδί κλαίει.

Γέννηση και θάνατος στον Ορίζοντα Γεγονότων

Τα γενέθλιά μου δεν ήταν ένα γεγονός στον κόσμο δεν μιλάμε για γαλαξίες

Ακόμη και η γέννηση του Βούδα, του Ιησού, του Μωάμεθ δεν ήταν γεγονός κατά τη γέννηση

Ο θάνατός μου θα είναι επίσης τόσο ασήμαντος όσο και η γέννησή μου.

Ούτε το Ασάμ, η Ινδία, η Ασία θα σταματήσουν, ούτε η Αμερική θα επιβραδυνθεί.

Ακόμα και ο κόσμος συνεχίζει να κινείται ως συνήθως με το θάνατο της Νταϊάνα και τα βρετανικά στέμματα.

Δεν υπάρχει λύπη για τη γέννησή μου, ούτε θα υπάρξει λύπη για το θάνατό μου.

Όπως οι παλίρροιες του ωκεανού, ήρθαμε και φεύγουμε μετά από λίγη ώρα.

Τα ίχνη, οι πατημασιές μένουν μόνο στο μυαλό των αγαπημένων μας.

Όπου αυτοί οι παρατηρητές επίσης φεύγουν, δεν υπάρχει στον ορίζοντα γεγονότων

Μην ελπίζετε ότι το κβαντικό και το παράλληλο σύμπαν θα δώσουν καλύτερη αναπαράσταση της ζωής

Απόλυτο παιχνίδι

Άκουσα τον μεγαλύτερο ήχο και το λαμπρότερο φως του Big-Bang

Ήταν η αρχή μιας νέας ζωής, η γέννηση ενός παιδιού που έκλαιγε

Ο παρατηρητής είναι σημαντικός, όπως απέδειξε το πείραμα της διπλής σχισμής

Χωρίς την ύπαρξη των παρατηρητών, για το νεογέννητο, το Big-Bang δεν είναι σχετικό.

Η γέννηση ενός νεογέννητου είναι τόσο σημαντική όσο το Big-Bang για μια μητέρα.

Το "Το παιδί είναι ο πατέρας του ανθρώπου" είναι πιο δημοφιλές παντού.

Το Μπιγκ-Μπανγκ δεν θα είχε ποτέ εξηγηθεί χωρίς παρατηρητή.

Για κάθε θεωρία ή υπόθεση, πρέπει να υπάρχει ένας παρατηρητής πατέρας.

Η μετατροπή της ύλης σε ενέργεια και αντίστροφα ξεκίνησε πριν έρθει ο homo sapiens.

Η μετατροπή από τη μια μορφή στην άλλη είναι το απόλυτο παιχνίδι της φύσης.

Χρόνος, η μυστηριώδης ψευδαίσθηση

Το παρελθόν και το μέλλον είναι πάντα μια ψευδαίσθηση

Το παρελθόν δεν είναι τίποτα άλλο παρά η αραίωση του χρόνου.

Το μέλλον είναι μόνο μια χρονική προσδοκία.

Το παρόν είναι μαζί μας μόνο για την επίλυση

Αν δεν δράσουμε, θα εξαφανιστεί χωρίς να το υποδείξουμε,

Ο χρόνος δεν έχει ορμή, όταν κοιτάμε το παρελθόν.

Αν και η περιοχή και η ιστορία του παρελθόντος είναι πολύ μεγάλη

Δεν μπορούμε να κοιτάξουμε το μέλλον, οπότε πώς μπορεί να υπάρχει ορμή;

Η παρούσα στιγμή είναι μόνο στα χέρια μας, πάντα βέλτιστη

Το παρελθόν, το παρόν και το μέλλον παρατηρούμε μέσω κβαντικών σωματιδίων.

Ο Θεός δεν αντιστέκεται στην αυτοθέληση

Η δολοφονία στο όνομα του έθνους, της θρησκείας δεν θεωρείται έγκλημα ή αμαρτία

Τότε πώς η αυτοκτονία στο όνομα της θρησκείας μπορεί να θεωρηθεί κακό

Δεν υπάρχει καμία απόδειξη ότι οι άνθρωποι που αυτοκτονούν είναι αμαρτωλοί.

Για κάποιον που θέλει να απαλλαγεί από τον πόνο και τη δυστυχία η αυτοκτονία μπορεί να είναι επικερδής

Όταν ο Ιησούς σταυρώθηκε, προσευχήθηκε για τους αδαείς ανθρώπους

Από τον πόνο και τη δυστυχία αν φύγετε από τον κόσμο, δεν πρέπει να υπάρχει πρόβλημα

Μετά το θάνατο, αυτός ο κόσμος είναι άυλος για τους νεκρούς.

Μόνο για μερικές φορές, οι κοντινοί και αγαπημένοι άνθρωποι θα είναι λυπημένοι.

Αν ο φόνος για αυτοάμυνα δεν θεωρείται έγκλημα...

Η αυτοκτονία για να υπερασπιστείς τον εαυτό σου από τον πόνο και τη δυστυχία θα πρέπει να είναι εντάξει.

Δεν μπορούμε να μετράμε το θάνατο με διαφορετικά μέτρα και σταθμά για λόγους ευκολίας.

Αν ένας ώριμος ενήλικας πεθάνει από δική του θέληση, ο Θεός δεν έχει λόγο να αντισταθεί.

Καλό και κακό

Η ανάγκη είναι η μητέρα της εφεύρεσης
Με κάθε εφεύρεση, υπάρχει προσοχή
Το περπάτημα και το τρέξιμο κάνουν καλό στην υγεία.
Μέσω των γυμναστηρίων, κάποιοι άνθρωποι δημιουργούν πλούτο
Το ποδήλατο ήρθε στον πολιτισμό για να κινείται γρηγορότερα
Οι άνθρωποι εξεπλάγησαν από το πώς κινείται με δύο τροχούς
Μέσα σε σύντομο χρονικό διάστημα, τα ποδήλατα δεν παρέμειναν ως θαύμα
Κατά τη διάρκεια του δέκατου ένατου αιώνα, το να έχεις ένα ποδήλατο ήταν υπερηφάνεια
Σήμερα, τα ποδήλατα θεωρούνται ως η βόλτα των φτωχών.
Το αυτοκίνητο και η μοτοσικλέτα έσπρωξαν το ποδήλατο σε δεύτερη μοίρα.
Αλλά ως ένα υγιές όχημα, η θέση του, το ποδήλατο εξακολουθεί να καταφέρνει
Χωρίς καύσιμα, χωρίς ρύπανση, χωρίς χώρους στάθμευσης.
Σε πολυσύχναστα μέρη, το ποδήλατο ενθαρρύνεται και πάλι.
Με μηδενικές εκπομπές διοξειδίου του άνθρακα, ήταν μια σπουδαία εφεύρεση για την ανθρωπότητα.
Η μεγαλύτερη χρήση του ποδηλάτου θα συμβάλει στη βελτίωση της ποιότητας του αέρα
Το πλαστικό είναι καλό λόγω του μικρού βάρους και είναι άθραυστο.
Αλλά στη φύση, το πλαστικό και το πολυαιθυλένιο δεν είναι βιοδιασπώμενα.
Το πολυαιθυλένιο και το πλαστικό κατέστησαν τα φυσικά υδάτινα σώματα άθλια

Η ανεύρεση πολυαιθυλενίου στο στομάχι των θαλάσσιων ζώων είναι τρομερή

Το γυαλί είναι καλό, αλλά εύθραυστο και ογκώδες στη μεταφορά

Γι' αυτό το πλαστικό μπορεί εύκολα να κλέψει την ιστορία.

Το γρήγορο φαγητό είναι κακό, αλλά χωρίς πολυαιθυλένιο δεν μπορεί να κινηθεί

Χωρίς πλαστικό, η βιομηχανία αεροπλάνων και αυτοκινήτων δεν έχει καμία ελπίδα

Το πολυαιθυλένιο και το πλαστικό μας παρείχαν φτηνά γάντια κατά τη διάρκεια της περιόδου Covid19

Διαφορετικά, ο θάνατος θα είχε αγγίξει ένα διαφορετικό ρεκόρ.

Καλές και κακές δύο πλευρές κάθε εφεύρεσης και ανακάλυψης

Η συνετή προσέγγιση και η βέλτιστη χρήση είναι αναπόφευκτη αναγκαιότητα.

Οι άνθρωποι εκτιμούν μόνο λίγες κατηγορίες

Κανείς δεν θα σας αναγνωρίσει αν δεν είστε καλός τραγουδιστής

Δεν θα σας γνωρίσουν, εκτός αν είστε ηθοποιός ή καλλιτέχνης του θεάματος

Ο κόσμος δεν θα ακούσει τις καλές σας απόψεις, εκτός αν είστε πολιτικός

Μερικοί άνθρωποι θα πάνε να σας δουν αν είστε μάγος

Ακόμα κι αν κοροϊδεύεις τους ανθρώπους στο όνομα του Θεού και της θρησκείας, είσαι σπουδαίος

Καμία αναγνώριση για τη σκληρή δουλειά και την ειλικρίνεια που ποντάρεις

Θα σας εκτιμήσουν αν μπορείτε να παίξετε καλύτερα ποδόσφαιρο ή κρίκετ

Οι καλοί συγγραφείς και ποιητές, λίγοι μελετητές θυμούνται μόνο

Ακόμα κι αν περάσατε όλη σας τη ζωή δουλεύοντας για τους ανθρώπους, δεν έχει σημασία.

Μια μέρα θα πεθάνετε σαν τις σκληρά εργαζόμενες μέλισσες της κυψέλης.

Μερικές φορές μπορεί να μη σας θυμάται ούτε ο σύντροφος της ζωής σας.

Τεχνολογία για ένα καλύτερο αύριο

Η τεχνολογία είναι πάντα για ένα καλύτερο αύριο και μέλλον

Μαζί με τη θρησκεία, η τεχνολογία διαμορφώνει επίσης τον πολιτισμό

Η θρησκεία, ο πολιτισμός, η τεχνολογία και η οικονομία είναι πλέον ένα κολλοειδές μείγμα

Χωρίς τεχνολογία, η δομή του πολιτισμού θα είναι πολύ αδύναμη

Η πρόοδος της ανθρωπότητας θα είναι αδύνατο να προχωρήσει περαιτέρω

Ωστόσο, η τεχνολογία είναι πάντα ένα δίκοπο μαχαίρι.

Κάποιες προτάσεις έχουν διπλό νόημα, καλό ή κακό, όπως ερμηνεύουμε τη λέξη

Το όπλο, ο δυναμίτης, οι πυρηνικές βόμβες απέδειξαν ότι η τεχνολογία μπορεί να είναι επικίνδυνη.

Οι άρχοντες και οι βασιλιάδες τις χρησιμοποιούσαν πάντα καταχρηστικά και γίνονταν έξαλλοι.

Ορθολογισμός και σοφία, ο άνθρωπος πρέπει να μάθει να χειρίζεται την τεχνολογία.

Αλλά μέχρι τώρα το ανθρώπινο DNA έχει αποκτήσει εγωισμό και νοοτροπία διαμάχης.

Η χρήση της τεχνολογίας για την ικανοποίηση του εγωισμού, της ζήλιας, της απληστίας θα καταστρέψει ολοκληρωτικά τον πολιτισμό.

Σύντηξη τεχνητής και φυσικής νοημοσύνης

Η συγχώνευση της τεχνητής νοημοσύνης με τη βιολογική νοημοσύνη μπορεί να είναι επικίνδυνη

Για την ανθρωπότητα, η απόκτηση συνείδησης από την τεχνητή νοημοσύνη στο μέλλον μπορεί να έχει σοβαρές συνέπειες

Η διατήρηση της φυσικής νοημοσύνης για τη βιοποικιλότητα είναι πολύτιμη

Η συγχώνευση τεχνητής και φυσικής νοημοσύνης θα αλλάξει την πορεία της εξέλιξης

Η διαδικασία της καταστροφής θα επιταχυνθεί και τότε δεν θα υπάρχει λύση,

Η τεχνητή νοημοσύνη δεν θα μπορέσει να εξαλείψει τον πόλεμο, τη βία ή τις ανισότητες

Μάλλον κατά τη διαδικασία της συγχώνευσης, η τεχνητή νοημοσύνη θα αποκτήσει όλες τις κακές ιδιότητες

Ένα ρομπότ με ζήλια, μίσος, εγωισμό και αρνητικές συμπεριφορές δεν θα είναι πολύτιμο

Το τελικό αποτέλεσμα των συγκρούσεων μεταξύ διαφορετικών κλώνων της τεχνητής νοημοσύνης είναι προφανές

Η χρήση των πυρηνικών βομβών μπορεί να γίνει το ζητούμενο για την επικράτηση

Παρακαλώ σταματήστε τη συγχώνευση της τεχνητής και της φυσικής νοημοσύνης μέσω της νομικής ικανότητας.

Σε έναν διαφορετικό πλανήτη

Η ζωή σας αρχίζει στα εξήντα, αλλά σε έναν διαφορετικό πλανήτη

Προς εσένα, γίνεσαι πιο αδύναμος ο οικογενειακός μαγνήτης

Η βαρυτική δύναμη γίνεται ισχυρότερη, οπότε δεν μπορείς να πηδήξεις ψηλά

Όταν τρέχεις, ο λαιμός σου στεγνώνει γρήγορα.

Για να σκαρφαλώσεις σε ένα δέντρο και να μαζέψεις ένα μήλο, δεν πρέπει να προσπαθήσεις.

Λόγω της ασθενέστερης μαγνητικής δύναμης, η απαιτούμενη ενέργεια είναι μικρότερη.

Έτσι, η πρόσληψη τροφής και υλικών με υψηλή θερμιδική αξία μειώνεται.

Όταν συναντάς νεαρά αγόρια με δαχτυλίδια στο αυτί και τη μύτη

Οι παλιές καλές νεανικές σας μέρες, σας φέρνουν στη μνήμη σας

Κανείς δεν είναι πρόθυμος να ακούσει τη σοφία και τις καλές ιστορίες σου.

Στο σημειωματάριό σου, αρχίζεις να γράφεις τις γλυκές σου αναμνήσεις.

Το προφίλ σας στο Facebook θα το επισκέπτονται μόνο οι φίλοι σας

Γιατί όπως κι εσύ, αντιμετωπίζουν τις ίδιες τάσεις.

Ο πλανήτης στον οποίο ζείτε, γίνεται διαφορετικός μετά τα εξήντα

Σε καμία περίπτωση δεν συγκρίνεται, με τη ζωή σας στα είκοσι, δεν υπάρχει καμία ισοτιμία.

Καταστροφικό ένστικτο

Από ανθρώπινα μυαλά γεμάτα καταστροφικό ένστικτο

Το να καταστρέφεις και να σκοτώνεις τις γειτονικές φυλές ήταν τακτική επιβίωσης.

Ο στρατός εισβολής πάντα προσπαθούσε να μεγιστοποιήσει την καταστροφή.

Έτσι ώστε οι ηττημένοι άνθρωποι να πεθάνουν στην πορεία από την πείνα.

Ο πόλεμος, η δολοφονία, η δουλεία ήταν αναπόσπαστο μέρος του ανθρώπινου πολιτισμού,

Το να γίνεις πιο ισχυρός από τους γείτονες είναι ακόμα συνηθισμένο.

Ο εγωισμός του συμπλέγματος ανωτερότητας απελευθερώνει πάντα πολεμικό δηλητήριο.

Παρόλο που τα ανθρώπινα μυαλά προχώρησαν αρκετά ώστε να δημιουργήσουν τεχνητή νοημοσύνη

εξακολουθούν να μην είναι σε θέση να πουν όχι στην καταστροφική νοοτροπία, αντίο.

Την ίδια νοοτροπία, μια μέρα, τα δημιουργήματά τους ΤΝ θα προσπαθήσουν...

Ο ανθρώπινος πολιτισμός, για πάντα, από αυτόν τον πλανήτη θα πεθάνει.

Οι χοντροί άνθρωποι πεθαίνουν νέοι

Οι παλαιστές σούμο δεν ζουν πολύ επειδή είναι ογκώδεις

Τα μεγάλα αστέρια επίσης δεν μπορούν να επιβιώσουν για πολύ, καθώς είναι βαριά

Καταρρέουν λόγω της βαρυτικής τους δύναμης που τα τραβάει προς τα μέσα.

Η βαρυτική κατάρρευση αναγκάζει τη διαστρική ύλη να πυροδοτήσει τη σύντηξη

Μερικοί επιστήμονες λένε ότι το σύμπαν δεν είναι παρά μια ψευδαίσθηση.

Γιατί και για ποιο λόγο ήρθαν τα έμβια όντα, δεν υπάρχει λύση.

Το σωματίδιο του Θεού και η εξίσωση του Θεού είναι ακόμα ένα μακρινό όνειρο.

Η ανακάλυψη του Θεού, ακόμη και αν υπάρχει Θεός, είναι πολύ μικρή.

Η ύπαρξή μας ήρθε για κάτι ή τίποτα είναι απλή πιθανότητα.

Το καλό είναι ότι, οι θεμελιώδεις δυνάμεις δεν κάνουν μεροληψία.

Η πολυπραγμοσύνη δεν είναι η θεραπεία

Το smartphone μπορεί να εκτελέσει τόσες πολλές δραστηριότητες, αλλά δεν είναι ζωντανό πράγμα.

Το δέντρο μπορεί να κάνει μόνο ένα πράγμα που ονομάζεται φωτοσύνθεση, αλλά είναι ζωντανό ον

Η πολυπραγμοσύνη από μόνη της δεν μπορεί να καταστήσει κάποιον ή κάτι ανώτερο για την ύπαρξή του

Το δέντρο είναι η μοναδική πηγή τροφής και οξυγόνου, αλλά ενάντια στην κοπή των δέντρων, δεν υπάρχει αντίσταση

Εκατομμύρια δέντρα κόβονται κάθε χρόνο για γεωργικούς και οικιστικούς σκοπούς

Αλλά οι επιστήμονες δεν πρότειναν εναλλακτική πηγή χλωροφύλλης για την παραγωγή τροφής.

Σε σεμινάρια και εργαστήρια, το πρόβλημα της κοπής των δέντρων είναι έξυπνα διαλυμένο

Ως αποτέλεσμα, όλο και περισσότερες καταστροφές, η φύση θα επιβάλλει σιγά σιγά...

Η υπερθέρμανση του πλανήτη ούτε τα έξυπνα τηλέφωνα ούτε η τεχνητή νοημοσύνη μπορούν να μειώσουν

Για να αναπληρωθούν τα κατεστραμμένα δάση, όλο και περισσότερα δενδρύλλια, ο άνθρωπος πρέπει να παράγει.

Αθάνατος άνθρωπος

Τα ζώα δεν συνειδητοποιούν και δεν αισθάνονται ότι είναι θνητά.

Τα ενστικτά τους είναι τόσο ζωικά ένστικτα, για να ικανοποιήσουν τα όργανα

Τα περισσότερα ανθρώπινα όντα επίσης δεν γνωρίζουν ότι είναι θνητά.

Γι' αυτό οι άνθρωποι είναι άπληστοι, διεφθαρμένοι και πολεμοκάπηλοι.

Ο βασικός σκοπός της κοινωνικής ζωής έχει πλέον αποδυναμωθεί

Υπάρχουν λιγότεροι άνθρωποι στις μέρες μας που πεθαίνουν από την πείνα.

Όλο και περισσότεροι άνθρωποι πεθαίνουν από τη βία και τον πόλεμο.

Σαν να παραδίδεται και το ανώτερο ζώο στο βασικό ένστικτο της μάχης.

Όπως οι σκύλοι και οι γάτες, έτσι και οι άνθρωποι γίνονται μισαλλόδοξοι απέναντι στους γείτονες.

Αν οι άνθρωποι δεν συνειδητοποιήσουν ότι είναι θνητοί και ότι βρίσκονται στον κόσμο για περιορισμένο χρονικό διάστημα...

Θα παραμείνει πάντα εγωιστής, άπληστος και γι' αυτόν το έγκλημα είναι μια χαρά.

Με κάθε τρόπο, ο άνθρωπος προσπαθεί να αποκτήσει πλούτο εδώ και χιλιάδες χρόνια

Προσπαθεί επίσης πολύ να προστατεύσει το φυσικό του σώμα, καθώς είναι πολύ ακριβό.

Όταν πεθαίνει, ακόμα και εκείνη τη στιγμή, οι περισσότεροι άνθρωποι δεν συνειδητοποιούν την αλήθεια

Όπως μια μέλισσα στην κυψέλη, πέφτει και πεθαίνει αφήνοντας μέλι για την τροφή των άλλων.

Η παράξενη διάσταση

Η διάσταση του χρόνου είναι πραγματικά παράξενη

Μόνο η σχετικότητα είναι ικανή να αλλάξει

Οι αργόσχολοι και οι αποτυχημένοι δεν έχουν χρόνο.

Για τους επιτυχημένους, είκοσι τέσσερις ώρες είναι μια χαρά.

Όποιος νομίζει ότι δεν θα πεθάνει ποτέ, είναι πάντα σε έλλειψη.

Όποιος όμως σκέφτεται ότι μπορεί να πεθάνει απόψε, έχει πολλά στην αποθήκη του.

Ο χρόνος δεν κάνει ποτέ διακρίσεις μεταξύ πλούσιων και φτωχών.

Η κάστα, το θρήσκευμα, η θρησκεία δεν έχουν καμία σημασία στον πυρήνα του χρόνου.

Για όλους, η ταχύτητα του χρόνου είναι ίση και ίδια

Για να κρατήσεις το αποτύπωμά σου στην ώρα του, πρέπει να παίζεις έγκαιρα.

Η ζωή είναι συνεχής αγώνας

Η ζωή είναι πάντα ένα συνεχές μονοπάτι αγώνα

Κάθε στιγμή είμαστε υποχρεωμένοι να αντιμετωπίζουμε προβλήματα

Τα εμπόδια μπορεί να είναι μικρά, μεγάλα ή τρομερά

Κάτω από την πίεση, μείνετε σταθεροί και μην λυγίζετε

Αν σταματήσετε να αγωνίζεστε, θα γίνετε ερείπια

Όταν είναι απαραίτητο, προχωρήστε προς τα πίσω και κάντε μια ντρίμπλα.

Την επόμενη στιγμή, θα δείτε την πρόοδό σας ορατή

Αντιμετωπίστε κάθε πρόβλημα με θάρρος, αλλά να είστε ταπεινοί

Με αυτοπεποίθηση, η ικανότητα να ξεπερνάτε το πρόβλημα θα διπλασιαστεί

Ποτέ μην ξεχνάτε, η ζωή είναι πολύ μικρή σαν μια φούσκα αέρα.

Πετάξτε ψηλότερα και ψηλότερα, νιώστε την πραγματικότητα

Όταν κοιτάμε από, πάνω από τον ουρανό

Τα μεγάλα σπίτια γίνονται όλο και μικρότερα

Οι άνθρωποι γίνονται αόρατοι σαν βακτήρια

Αλλά υπάρχουν όπως είναι, όταν αρχίσαμε να πετάμε

Μπορούμε ακόμα να τα δούμε χρησιμοποιώντας ένα ισχυρό τηλεσκόπιο.

Μόνο που η θέση μας είναι σχετική με ένα διαστημόπλοιο.

Το να αγνοείς τα πράγματα από μεγάλο ύψος είναι εύκολο για το μυαλό.

Επεκτείνετε το μυαλό σας σε υψηλότερο επίπεδο, διευρύνετε το.

Μικρά και ασήμαντα πράγματα που δεν θα συναντήσετε ποτέ.

Οι αρνητικοί άνθρωποι, δεν θα έρθουν ποτέ να σας χαιρετήσουν.

Με διευρυμένο και ενδυναμωμένο μυαλό απλά πετάξτε

Και να συλλέγεις το νέκταρ από λουλούδι σε λουλούδι προσπάθησε

Απολαύστε τις μυρωδιές των τριαντάφυλλων, του γιασεμιού και άλλων

Μια μέρα, αλλιώς επίσης, θα πεθάνετε, κρατώντας τα πάντα στην άκρη

Οπότε, γιατί να μην πετάξεις και να πετάξεις και να απολαύσεις το μέλι, ο κόσμος είναι δικός σου.

Για να αντεπεξέλθετε στη ζωή

Για να ανταπεξέλθετε στη ζωή, το γκριζάρισμα των μαλλιών δεν αρκεί

Για τους ηλικιωμένους, η σύγχρονη τεχνολογία είναι σκληρή

Η σημερινή τεχνολογία γίνεται ξεπερασμένη την επόμενη μέρα.

Τι θα συμβεί τον επόμενο μήνα, ούτε ο τεχνολόγος δεν μπορεί να πει.

Ο ανθρώπινος εγκέφαλος έχει περιορισμένη ικανότητα απορρόφησης δεδομένων και διατήρησης

Η γνώση στο ανθρώπινο DNA έρχεται μέσω της εξελικτικής αλυσίδας

Όπως ένα ρομπότ, η νοημοσύνη δεν μπορεί να εγκατασταθεί στον ανθρώπινο εγκέφαλο

Απαιτείται πολύς χρόνος και υπομονή, ένα παιδί για να εκπαιδευτεί σωστά

Αν η τεχνητή νοημοσύνη συγχωνευτεί με τη συνείδηση και το συναίσθημα

δεν θα υπάρχει κανένας σκοπός της βιολογικής βελτίωσης και εξέλιξης.

Αυτό μπορεί να οδηγήσει σε αργή αποσύνθεση του ανθρώπινου εγκεφάλου και στην υποβάθμιση της ανθρωπότητας

Για να γίνει η ανθρώπινη ζωή πιο άνετη, η τεχνητή νοημοσύνη μπορεί να μην είναι η καλύτερη λύση.

Είμαστε μόνο σωροί ατόμων;

Είμαστε ένας σωρός από πρωτόνια, νετρόνια, ηλεκτρόνια και μερικά στοιχειώδη σωματίδια;

Οι βράχοι, οι θάλασσες, οι ωκεανοί, τα σύννεφα, τα δέντρα και τα άλλα ζώα είναι επίσης απλά σωροί

Τότε γιατί κάποιοι σωροί έχουν αναπνοή, ζωή και συνείδηση;

Στον ίδιο συνδυασμό ατόμων, κάποιες ζωές είναι αθώες και κάποιες επικίνδυνες,

Δεν υπάρχουν απαντήσεις, ούτε από το σωματίδιο του Θεού, ούτε από το πείραμα της διπλής σχισμής.

Γιατί και πώς δύο σωματίδια μπλέκονται ακόμα και αν χωρίζονται από δισεκατομμύρια μίλια.

Παρατηρούμε μόνο τα αθροιστικά αποτελέσματα των συνδυασμών των ατόμων;

Αλλά ακόμα, βαδίζουμε στο σκοτάδι, όσον αφορά το θεμελιώδες ερώτημα

Ο Παντοδύναμος μπορεί να φυλακιστεί και να εξοριστεί από την επιστήμη, μόνο όταν μας δώσει την τέλεια λύση.

Ο χρόνος είναι φθορά ή πρόοδος χωρίς ύπαρξη

Ο χρόνος δεν είναι τίποτε άλλο παρά μια συνεχής διαδικασία φθοράς ή προόδου.

Από μόνος του, ο χρόνος δεν έχει καμία ύπαρξη, ούτε κάτι που μπορεί να κατέχει ο χρόνος.

Ο χρόνος δεν μπορεί να ρέει από το παρελθόν στο παρόν στο μέλλον

Το να αντιλαμβανόμαστε τον χρόνο με αυτόν τον τρόπο είναι η φύση του εγκεφάλου μας.

Η χελώνα ακόμη και μετά από τριακόσια χρόνια δεν γνωρίζει το παρελθόν.

Για το μέλλον, η φάλαινα διακοσίων ετών ποτέ δεν σχεδιάζει ή δημιουργεί εμπιστοσύνη.

Η μέτρηση του χρόνου είναι μια σχετική διαδικασία, για να προσδιορίσει την αργή διαδικασία της φθοράς

Αλλά για εκατομμύρια χρόνια τα βουνά και οι ωκεανοί παραμένουν σταθερά.

Ο ανθρώπινος εγκέφαλος δεν μπορεί να κατανοήσει το χρόνο μετά από εκατόν είκοσι χρόνια.

Ο χρόνος δεν ρέει, αλλά φθείρεται, το μυαλό μας μόνο φοβάται: σήμερα ας ζητωκραυγάσουμε.

Οι Φαραώ

Οι Φαραώ της Αιγύπτου ήταν σοφοί και ρεαλιστές
Γνώριζαν καλά ότι ανά πάσα στιγμή η ζωή μπορεί να γίνει στατική.
Οι Φαραώ άρχισαν να χτίζουν πυραμίδες αμέσως μετά τη στέψη τους.
Για αυτούς η προσπάθεια να γίνουν αθάνατοι δεν είναι πρακτική λύση.
Ποτέ δεν περίμεναν ότι ο αγαπημένος τους θα έχτιζε ένα μνημείο.
Το να κατασκευάσουν τον δικό τους τάφο κατά τη διάρκεια της ζωής τους είναι πιο κατάλληλο.
Στην Ινδία επίσης, κατά την αρχαιότητα, οι ηλικιωμένοι πηγαίνουν στα Ιμαλάια για να υποδεχτούν το θάνατο.
Αφού κέρδισαν τον πόλεμο της Μαχαμπαράτα, οι Παντάβα ακολούθησαν τον ίδιο δρόμο.
Πολλοί σοφοί δοκίμασαν διάφορα κόλπα και μέσα για να γίνουν αθάνατοι.
Αλλά συνειδητοποίησαν την πραγματικότητα, ότι ο θάνατος είναι η τελική αλήθεια, και συμπεριφέρθηκαν ορθολογικά.

Ο μοναχικός πλανήτης

Η αγαπημένη μας γη είναι ένας μοναχικός πλανήτης στο ηλιακό σύστημα

Κατάλληλος για κατοίκηση και βιολογική ζωή με οξυγόνο

Εκατομμύρια χρόνια εξέλιξης μας έκαναν ανθρώπους με συνείδηση

Αλλά στον μοναχικό πλανήτη, για τα ανθρώπινα όντα υπάρχει μοναξιά

Μπορεί να υπάρχουν οκτώ δισεκατομμύρια ζωντανοί homo sapiens στη γη

Τα άτομα νιώθουν μοναξιά στη ζωή τους, ακόμα και όταν γίνουν πλούσιοι και έξυπνοι

Είμαστε κοινωνικά ζώα, όπως πάντα ισχυριζόμαστε, αλλά στην πραγματικότητα ο εγωισμός είναι το παιχνίδι.

Η απληστία, ο εγωισμός και το σύμπλεγμα ανωτερότητας του μυαλού μας έκαναν να νιώθουμε μοναξιά

Όλοι γνωρίζουν επίσης ότι μόνοι τους θα πρέπει να κάνουν το τελευταίο ταξίδι.

Γιατί χρειαζόμαστε τον πόλεμο;

Γιατί χρειαζόμαστε τον πόλεμο στη σύγχρονη εποχή

Ο κομμουνισμός είναι ήδη σχεδόν νεκρός

Οι φυλετικές διακρίσεις επιβραδύνονται

Η ρύπανση και η καταστροφή της φύσης βρίσκονται στο αποκορύφωμά τους

Η τεχνολογία συνδυάζει ανθρώπους όλων των φυλών και θρησκειών

Αλλά λόγω της καταστροφικής νοοτροπίας, το μέλλον του πολιτισμού είναι δυσοίωνο

Το ανθρώπινο DNA της πολεμοκαπηλίας, πάντα παίρνει το προβάδισμα

Το DNA που δημιουργεί ειρήνη στο ανθρώπινο σώμα είναι πολύ αδύναμο.

Ούτε ο Θεός ούτε η επιστήμη κατάφεραν να σταματήσουν τον πόλεμο και τους φόνους.

Οι ανεπτυγμένες χώρες εξακολουθούν να ασχολούνται με την πώληση όπλων.

Τα φτωχά και ανόητα έθνη γίνονται πεδίο μάχης.

Κάθε στιγμή υπάρχει ο φόβος της μεγαλύτερης πληγής από μια πυρηνική βόμβα.

Αποφύγετε τη μόνιμη παγκόσμια ειρήνη

Χιλιάδες χρόνια πριν μας δίδαξε τη μη βία

Συνειδητοποίησε τη σημασία της ειρήνης και της σιωπής

Αλλά ως οπαδοί του Βούδα, συνεχίσαμε τη βία

Ο Ιησούς θυσίασε τη ζωή του για να σταματήσουν οι δολοφονίες και η σκληρότητα

Οι διδασκαλίες του έχουν επίσης τώρα εξαφανιστεί από τις αξίες μας σιωπηλά

Η τεχνολογία απέτυχε επίσης να ενσωματώσει τους ανθρώπους μαζί μόνιμα

Η μόνιμη ειρήνη και η αδελφοσύνη είναι ακόμα ένα μακρινό όνειρο

Για να ξεκινήσει η βία για την κάστα, τη φυλή και τη θρησκεία ο καθένας είναι πρόθυμος

Η κβαντική εμπλοκή απέτυχε να εξηγήσει, το μίσος, την απληστία, τη ζήλια και το εγώ

Αν η λύση δεν έρθει από την τεχνολογία, η μόνιμη ειρήνη στον κόσμο πρέπει να εγκαταλειφθεί.

Ο χαμένος κρίκος

Δεν μπορείτε να φάτε το κέικ και να το έχετε και αυτό
Αυτό είναι ενάντια στο νόμο της φύσης
Ούτε μπορείς να πας στο παρελθόν και στο μέλλον σου
Το να πιστεύεις και τα δύο, τον Θεό και τον Δαρβίνο, είναι υποκρισία.
Και οι δύο υποθέσεις δεν μπορούν να είναι αληθινές, το ξέρουμε όλοι.
Ωστόσο, για να απαντήσουμε στο ερώτημα με λογικό συμπέρασμα, είμαστε αργοί.
Οι άνθρωποι ερμηνεύουν και τις δύο υποθέσεις όπως τους βολεύει.
Αλλά τέτοιες υποθέσεις δεν μπορούν ποτέ να είναι αληθινές ή επιστημονικές.
Οι ελλείποντες κρίκοι του Δαρβίνου παραμένουν ακόμα λείπουν
Αυτός είναι ο λόγος για τον οποίο οι περισσότεροι άνθρωποι προσεύχονται στο Θεό και ζητούν ευλογία.

Η εξίσωση του Θεού δεν είναι αρκετή

Αντί να πεθάνει στο κουτί, η γάτα βγήκε με ένα γατάκι

Κανείς δεν πρόσεξε ή εξέτασε τη γάτα για την εγκυμοσύνη της

Ο Σρέντινγκερ έβαλε τη γάτα στο κουτί, χωρίς λεπτομερείς παρατηρήσεις

Η αβεβαιότητα σχετικά με τις προβλέψεις είναι πιο σύνθετη

Το αν η γάτα είναι νεκρή ή ζωντανή δεν είναι το μόνο ερώτημα

Η κβαντική φυσική πρέπει να δώσει πάρα πολλές απόψεις και λύσεις.

Η γάτα θα μπορούσε να έχει γεννήσει πολλά μωρά.

Λίγα νεκρά τη στιγμή του ανοίγματος του κουτιού και λίγα ζωντανά.

Η απάντηση στην εξίσωση του Θεού και στο σωματίδιο του Θεού δεν είναι αρκετή

Η επίλυση του ερωτήματος της ύπαρξης του σύμπαντος είναι πολύ δύσκολη.

Η ισότητα των γυναικών

Κακοποιούν βάναυσα μια μοναχική γυναίκα στο όνομα της ηδονής

Μερικές φορές τρεις, μερικές φορές τέσσερις και μερικές φορές περισσότερες

Το ζωώδες ένστικτο στη χειρότερη μορφή του για να συντρίψει τη μοιραία γυναίκα

Για το χρήμα, στο όνομα της πολιτικής ελευθερίας, η ψυχή της γυναίκας καταστρέφεται

Και ισχυρίζονται ότι είναι οι λαμπαδηδρόμοι της ανθρωπότητας και του πολιτισμού.

Στη διαδικασία σκέψης των ανθρώπων δεν υπάρχει ορθολογισμός και νεωτερικότητα.

Δικαιολογούν τα πάντα, κάτω από το σύμπλεγμα ανωτερότητας, το εγώ και την ελεύθερη βούληση

Και διεκδικούν την ισότητα των γυναικών στην επικράτεια και τον πολιτισμό τους.

Μόλις σηκώσετε τα πέπλα, μπορείτε να δείτε τη λαιμητόμο αλήθεια της εμπορίας γυναικών

Η εκμετάλλευση για τα ζωώδη ένστικτα, η κτηνωδία, η απάνθρωπη μεταχείριση ανοιγοκλείνει τα μάτια.

Άπειρο

Το άπειρο μείον το άπειρο δεν είναι μηδέν, αλλά το άπειρο

Η λέξη άπειρο είναι μια παράξενη λέξη για την ανθρωπότητα

Η έννοια του απείρου περιορίζεται μόνο στον homo sapiens

Όλα τα άλλα έμβια όντα δεν ενδιαφέρονται για το άπειρο σύμπαν

Η έννοια του απείρου ανάμεσα στα ανθρώπινα όντα ποικίλλει.

Η καταμέτρηση των αριθμών τελειώνει στο άπειρο, καθώς ο εγκέφαλός μας δεν μπορεί να το κατανοήσει.

Αλλά για τους γαλαξίες και τα αστέρια το άπειρο σημαίνει ότι δεν υπάρχουν όρια.

Πέρα από τα όρια, ο εγκέφαλός μας και οι επιστήμονες δεν μπορούν να τα εντοπίσουν.

Όταν έρχεται η έννοια του Θεού, το άπειρο έχει μοναδική βάση

Χωρίς το άπειρο, τα μαθηματικά και η φυσική θα πάνε στο αλώνι.

Πέρα από τον Γαλαξία μας

Πόσο μεγάλο είναι το σύμπαν ή το σύμπαν είναι πέρα από την κατανόηση του ανθρώπινου εγκεφάλου

Τα εμπόδια της ταχύτητας, του χρόνου θα μας κρατήσουν εντός της τοπικής μας περιοχής του Γαλαξία μας

Ακόμη και ο Γαλαξίας μας είναι τόσο μεγάλος που η εξερεύνηση όλων των γωνιών του θα είναι αδύνατη

Με την ανηθικότητα της ανθρώπινης ζωής από την επιστήμη και την τεχνητή νοημοσύνη θα είναι επίσης σύντομη

Πριν ολοκληρωθεί η έρευνα και το ταξίδι, ο ίδιος ο ήλιος μας θα εξασθενίσει και θα σβήσει για πάντα

Η προσπάθεια εξερεύνησης πέρα από τον γαλαξία μας μέσα σε μια χρονική διάσταση είναι παράλογη

Για να γίνει αυτό, η ζωή μας πρέπει να είναι έξω από το πεδίο εφαρμογής του χώρου και του χρόνου

Το πώς προέκυψε αυτή η άπειρη ύπαρξη των πραγμάτων και των γαλαξιών είναι ένα παράξενο παιχνίδι

Είμαστε ακόμα στο σκοτάδι σχετικά με τη σκοτεινή ύλη του σύμπαντος και πώς προήλθε

Το ταξίδι της αστρονομίας και της εξερεύνησης του Γαλαξία μας α θα είναι απείρως μακρύ.

Να είστε ευχαριστημένοι με το βραβείο παρηγοριάς και να προχωρήσετε

Τίποτα δεν ήταν, τίποτα δεν είναι και τίποτα δεν θα είναι υπό τον έλεγχό μου.

Ωστόσο, ήμουν πάντα ικανοποιημένος με το βραβείο εξυγίανσης

Κάθε φορά που σηκώνομαι ξανά και ξανά ακόμα και μετά από μεγάλη πτώση

Ποτέ δεν ζήτησα βοήθεια από τον βασιλιά ή τους φίλους μου για να με βάλουν σε τροχιά

Έχω εμπιστοσύνη μόνο στον εαυτό μου και στις δυνατότητές μου

Πολλοί άνθρωποι προσπάθησαν να με τραβήξουν κάτω ξανά και ξανά

Γέλασα μαζί τους, γιατί οι προσπάθειές τους θα πάνε χαμένες

Στις επιθυμίες και τις προσπάθειές τους, δεν έχουν επίσης ποτέ τον έλεγχο

Όταν δεν μπορούσαν να κάνουν τη δική τους ζωή ουσιαστική και σπουδαία

Πώς μπορούν να εμποδίσουν τις παρούσες και μελλοντικές μου δραστηριότητες

Χαίρονται να σπαταλούν τον πολύτιμο χρόνο της ζωής τους

Το κουτσομπολιό και το τράβηγμα του ποδιού είναι ο σύντροφος των αργόσχολων ανθρώπων σαν άχρηστο μαχαίρι.

Το Covid19 απέτυχε να λυγίσει

Ο covid19 απέτυχε να λυγίσει τον ανθρώπινο πολιτισμό και το πνεύμα

Έτσι, γρήγορα οι άνθρωποι ξέχασαν την καταστροφή που αντιμετώπισε η ανθρωπότητα.

Κανείς δεν θυμάται τώρα αυτούς που έχασαν τη ζωή τους ξαφνικά.

Οι άνθρωποι είναι και πάλι πολύ απασχολημένοι με την καθημερινή τους ζωή, δεν έχουν χρόνο να κοιτάξουν πίσω

Η απληστία, ο εγωισμός, το μίσος και η ζήλια του ανθρώπου παρέμειναν ως έχουν

Κανένα κοινό μάθημα δεν έχει ληφθεί ως κοινωνία ή ομάδα ανθρώπων

Αυτή η νοοτροπία των ανθρώπων είναι πραγματικά παράξενη και εκπληκτική

Το καλό είναι ότι η παράσταση συνεχίζεται χωρίς καμία διακοπή

Για να επιβιώσει η ανθρωπότητα στη χειρότερη καταστροφή, αυτή είναι η καλύτερη λύση.

Αφήστε τον πολιτισμό να προχωρήσει ακολουθώντας το νόμο της φυσικής επιλογής.

Μην είστε φτωχοί της νοοτροπίας

Μπορεί να είστε φτωχοί σε τραπεζικά υπόλοιπα, αλλά ποτέ δεν είστε φτωχοί στο μυαλό

Οποιαδήποτε στιγμή, οπουδήποτε πλούτο και χρήματα, μπορείτε εύκολα να βρείτε

Η συμπεριφορά είναι το πιο σημαντικό πράγμα για να ανεβείτε τη σκάλα της επιτυχίας

Σε κάθε πλατφόρμα μετά την αναρρίχηση, θα βρείτε ακατέργαστα διαμάντια σε γεμάτα κουτιά

Δεν υπάρχει μαγική λάμπα στην πραγματική ζωή όπως στα παραμύθια, πρέπει να κόψετε ακατέργαστα διαμάντια

Στην επόμενη πλατφόρμα της σκάλας, πρέπει να γίνει στίλβωση του διαμαντιού

Αν η στάση σας είναι αρνητική, δεν μπορείτε ποτέ να ανεβείτε σε μεγάλο υψόμετρο

Θα παραμείνετε στον πάτο των Ιμαλαΐων ως άποροι.

Όταν οι φίλοι και οι γείτονές σας πετύχουν, θα εκπλαγείτε.

Αλλά τους κόπους τους ενώ μάζευαν μαργαριτάρια από τη βαθιά θάλασσα, κανείς δεν τους κατάλαβε.

Σκεφτείτε μεγαλοπρεπώς και απλά κάντε το

Όταν σκέφτεσαι, σκέψου μεγάλα πράγματα και απλά κάνε το.

Φάε την ιδέα, πιες την ιδέα, ονειρέψου την ιδέα

Τίποτα δεν μπορεί να σας εμποδίσει να κάνετε την ιδέα σας πραγματικότητα

Δουλέψτε σκληρά και με αφοσίωση και στηρίξτε την ιδέα σας σταθερά

Πηγαίνετε για ύπνο με τη μεγάλη σας ιδέα και το σχεδιασμό σας

Νέα πορεία και λύσεις των προβλημάτων θα έρθουν το πρωί

Σε κάθε σταυροδρόμι, μπορεί να υπάρχουν αμφιβολίες και σύγχυση

Αλλά με επιμονή θα βρείτε γρήγορα λύση

Μην εγκαταλείπετε το άγριο όνειρο και την ιδέα σας, αντιμετωπίζοντας την κριτική

Πριν πετύχετε και φτάσετε στην κορυφή, θα αποθαρρύνεστε πάντα με κυνισμό.

Ο εγκέφαλος από μόνος του δεν αρκεί

Ο εγκέφαλος είναι απαραίτητος για τη νοημοσύνη και τη συνείδηση

Αλλά ο εγκέφαλος από μόνος του δεν αρκεί για να έχουμε συναισθήματα και σοφία

Οι νευρώνες που εκπέμπονται κατά τη διάρκεια της αγάπης, του μίσους, της ζήλιας είναι πολύπλοκοι

Η διαπλοκή του νου και του εγκεφάλου είναι πάντα πολύ περίπλοκη

Όλα τα θηλαστικά έχουν νοημοσύνη διαφορετικών τάξεων και επιπέδων

Σε ορισμένες από τις εργασίες περισσότερο από τον homo sapiens, άλλα ζώα μπορούν να υπερέχουν

Κάθε ζωικό βασίλειο έχει να διηγηθεί μια διαφορετική ιστορία ανωτερότητας.

Είναι καλό που η συνείδηση για τον ουρανό, τα ζώα δεν μπορούν να πουν

Αυτό δεν σημαίνει ότι, εκτός από τους ανθρώπους, όλοι πάνε στην κόλαση.

Μόνο στους ανθρώπους, η φαντασία και η απάτη είναι πολύ εύκολο να πουληθεί.

Καταμέτρηση και Μαθηματικά

Οι άνθρωποι γνώριζαν τη διαφορά μεταξύ της κατανάλωσης ενός μήλου και δύο μήλων

Η έννοια των αριθμητικών ικανοτήτων συνδέεται με το DNA

Ο εγκέφαλος μπορούσε να κατανοήσει τους αριθμούς πριν ανακαλυφθούν τα μαθηματικά

Ακόμη και τα ζώα και τα πτηνά μπορούσαν επίσης να απεικονίσουν αριθμούς στον εγκέφαλό τους

Η επαγόμενη νοημοσύνη, τα σύγχρονα μαθηματικά σήμερα εκπαιδεύουν

Η ανακάλυψη των μαθηματικών είναι ένα τεράστιο άλμα για τον ανθρώπινο πολιτισμό

Χωρίς τα μαθηματικά, δισεκατομμύρια προβλήματα δεν θα έχουν λύση

Οι αριθμητικές και γλωσσικές ικανότητες αποτελούν τον πυρήνα της ανθρώπινης νοημοσύνης

Για την πρόοδο και την επιτυχία, αυτά τα δύο στοιχεία έχουν σημασία

Η συναισθηματική νοημοσύνη είναι επίσης εγγενής στο ανθρώπινο γονίδιο

Η εμπειρία και το περιβάλλον καθιστούν τη νοημοσύνη, τα συναισθήματα ισχυρά και καθαρά.

Η μνήμη δεν είναι αρκετή

Η απομνημόνευση γεγονότων και αριθμών και η αναπαραγωγή από μόνη της δεν είναι νοημοσύνη.

Η γνώση από μόνη της δεν είναι δύναμη αλλά μόνο ένα όπλο για την εξουσία

Η φαντασία και η καινοτομία είναι πιο σημαντικές από τη μνήμη και τη γνώση

Η τεχνητή νοημοσύνη έχει καλύτερη μνήμη πρέπει να την αποδεχτούμε και να την αναγνωρίσουμε

Ωστόσο, θα είναι δύσκολο για την τεχνητή νοημοσύνη να νικήσει τον άνθρωπο στην καινοτομία και την εφεύρεση

Έχουμε φαντασία, συναίσθημα και σοφία, τα οποία η τεχνητή νοημοσύνη εξακολουθεί να στερείται

Στην κούρσα για εφεύρεση και καινοτομία, οι άνθρωποι έχουν υποστήριξη από το DNA

Στην εποχή των υπολογιστών και του ChatGPT, σκεφτείτε πέρα από το μαύρο κουτί και τα όρια

Η φαντασία και η σοφία σας είναι μοναδικά για εσάς και δώστε της φτερά

Στη μάχη με την ΤΝ και τον υπολογιστή, οι άνθρωποι θα πετύχουν στο ρινγκ.

Όσα περισσότερα δίνεις, όσα περισσότερα παίρνεις

Όσο περισσότερα δίνεις στους μη προνομιούχους, τόσο περισσότερα παίρνεις

Η γενναιοδωρία είναι μια ανθρώπινη αξία ανώτερης τάξης και μεγάλης

Ο νόμος της έλξης δεν θα επιτρέψει να μειωθεί η καθαρή σας αξία

Ο τρίτος νόμος της κίνησης του Νεύτωνα ισχύει για κάθε τομέα της ζωής

Οι νόμοι της φύσης ρέουν σαν σωλήνας νερού χωρίς διακοπές

Ο καρπός των καλών πράξεων μπορεί να πάρει λίγο περισσότερο χρόνο για να ωριμάσει

Αλλά να είστε σίγουροι ότι θα έρθει μια μέρα, ίσως σε διαφορετικό είδος.

Όταν φυτέψετε μια μηλιά, η φύση δεν θα σας δώσει βατόμουρο

Αυτό το φρούτο, δεν μπορείτε να το αλλάξετε, είναι το έδαφος της ίδιας της φύσης

Για έναν καλύτερο νέο κόσμο, με καλές αρετές, δείξτε πάντα αλληλεγγύη.

Αφήστε το να φύγει και το να ξεχάσετε είναι εξίσου σημαντικό

Η ζωή είναι ολοκλήρωση των πάρα πολλών βασανιστηρίων του σώματος και του νου

Εξαιτίας του μαχητικού πνεύματος της DND, πάντα βρίσκουμε τον τρόπο...

Τα βασανιστήρια έκαναν το σώμα και την ψυχή μας πιο δυνατά, όπως το σφυρηλάτηση του ατσαλιού.

Οι περισσότεροι τραυματισμοί, μπορούν εύκολα να θεραπευτούν από το σύστημα ανθεκτικότητας μας.

Η επούλωση του μυαλού μπορεί να είναι δύσκολη, αλλά ο χρόνος και η κατάσταση μας αναγκάζουν να προχωρήσουμε.

Το πιο δύσκολο πρόβλημα της ζωής επίσης, ο χρόνος μπορεί μια μέρα να το λύσει

Το να ξεχνάμε τα πράγματα είναι μια καλή αρετή για την εξισορρόπηση της ψυχής μας

Με στεγανή μνήμη, η ζωή μας θα γίνει φυλακή και κόλαση.

Το να ξεχνάμε την ταπείνωση και τα βασανιστήρια της ζωής, το να αφήσουμε να φύγει είναι σημαντικό.

Η τεχνητή νοημοσύνη, όπως η μνήμη, για τον ανθρώπινο εγκέφαλο, έχει καταστροφική ισχύ.

Κβαντική Πιθανότητα

Η ύπαρξή μας με τη θνητότητα είναι το μοναδικό θαύμα στο σύμπαν.

Τίποτα άλλο δεν είναι παράξενο, τα πάντα διέπονται από συγκεκριμένους νόμους

Σε όλους τους γαλαξίες, δεν υπάρχει κανένας παραλογισμός, περιορισμοί και ελαττώματα.

Τα άτομα, τα θεμελιώδη σωματίδια ή η διάσπαση των νετρονίων δεν είναι καινούργια.

Από την αρχή του σχηματισμού της ύλης, οι παραλλαγές της φυσικής είναι λίγες.

Η σχετικότητα, η κβαντομηχανική μπορεί να είναι νέες γνώσεις για τον πολιτισμό.

Αλλά πολύ πριν από τον άνθρωπο, η φύση έκανε όλη την τυποποίηση.

Η φυσική ή οποιεσδήποτε διαδικασίες δεν μπορούν να αναγκάσουν το πρωτόνιο να περιστραφεί γύρω από το ηλεκτρόνιο

Κατά το σχηματισμό του υλικού κόσμου, δεν υπήρχε φυσική επιλογή.

Όλες οι γνώσεις μας είναι κβαντικές πιθανότητες και συνδυασμός μεταθέσεων.

Το ηλεκτρόνιο

Το σύμπαν της ύλης είναι από τη φύση του ασταθές

Επειδή το ηλεκτρόνιο δεν μπορεί να μείνει ήσυχο

Το ηλεκτρόνιο είναι ένα από τα πιο σημαντικά σωματίδια

Αλλά η συμπεριφορά και οι ιδιότητές του δεν είναι απλές.

Η ύπαρξη του ηλεκτρονίου στο άτομο είναι διαλεκτική.

Για τη σύνδεση πρωτονίου και νετρονίου, ο ρόλος του ηλεκτρονίου είναι καθοριστικός.

Ίσως εξαιτίας του ασταθούς ηλεκτρονίου, το χάος πάντα αυξάνεται.

Η εντροπία του σύμπαντος και της δημιουργίας δεν μειώνεται ποτέ.

Το κλάμα ενός παιδιού κατά τη γέννηση μέσω του DNA είναι αποτέλεσμα των ηλεκτρονίων

Η αταξία και το χάος θα αυξηθούν, το νεογέννητο επίσης αντανακλά.

Νετρίνο

Τα νετρίνα είναι συνοδοί των ισχυρών ηλεκτρονίων

Ωστόσο, είναι παραμελημένα και όχι δημοφιλή όπως τα αντίστοιχα τους

Ονομάζονται σωματίδια-φαντάσματα, καθώς μπορούν να διαπεράσουν τα πάντα.

Κανείς δεν ξέρει αν είναι κύματα δονούμενης χορδής.

Επίσης, δεν ξέρουμε πώς αποκτούν μάζα ενώ ταξιδεύουν στο σύμπαν.

Αλλά ως θεμελιώδη σωματίδια, τα νετρίνα έχουν μεγάλη σημασία.

Τα νετρίνα έχουν τρεις διαφορετικές γεύσεις, κάτι που είναι συναρπαστικό.

Ακόμα και σε σχέση με το θεϊκό σωματίδιο Χιγκς μποζόνιο, τα νετρίνα είναι πονηρά.

Τα νετρίνα προέρχονται από τον ήλιο και την κοσμική ακτινοβολία.

Η σωματιδιακή φυσική πρέπει να πάει πολύ μακριά, σχετικά με τα νετρίνα φαντάσματα για να πούμε.

Ο Θεός είναι ένας κακός διαχειριστής

Ο Θεός είναι εξαιρετικός φυσικός και πολύ καλός μηχανικός.

Αλλά είναι κακός δάσκαλος διοίκησης και κακός γιατρός.

Η διαχείριση του κόσμου είναι πολύ κακή με συγκρούσεις

Η μετακίνηση των ανθρώπων μέσω βίζας περιορίζεται.

Δεν υπάρχουν περιορισμοί για τα ζώα και τα πουλιά κατώτερης τάξης, άγνωστοι λόγοι.

Ωστόσο, έχει δείξει λιγότερη ευγένεια προς τα ζώα.

Παιδιά σκοτώνονται σε πολέμους και από εξτρεμιστές κάθε μέρα

Αλλά για να σταματήσουν όλες αυτές οι κακομεταχειρίσεις στο αγαπημένο του ζώο, δεν είπε ποτέ...

Εκατομμύρια άνθρωποι πεθαίνουν κάθε χρόνο από ανίατες ασθένειες.

Οι γιατροί έβγαλαν πολλά χρήματα και ο Θεός δοξάζει αυτές τις δραστηριότητες.

Οι μηχανικοί καινοτομούν, χωρίς να σκέφτονται πολύ τις συνέπειες.

Στο όνομα της σωτηρίας της ζωής, συχνά οι γιατροί κάνουν λάθη σε ακολουθίες.

Η φυσική είναι ο πατέρας της μηχανικής

Η φυσική είναι ο πατέρας όλων των επιστημών της μηχανικής

Ο ηλεκτρολόγος είναι ο πατέρας των ηλεκτρονικών, αλλά και οι δύο δεν είναι απλές

Η μηχανολογία είναι ο πατέρας της μηχανικής παραγωγής.

Η μηχατρονική υποφέρει από την αντιπαράθεση των ισχυρισμών της πατρότητας.

Η πολιτική μηχανική έχει πολλά υιοθετημένα παιδιά χωρίς σύνδεση DNA

Η χημική μηχανική ασχολείται με το πώς σκέφτονται τα μόρια

Το μικρότερο παιδί της φυσικής, η επιστήμη των υπολογιστών είναι τώρα βασιλιάς

Χτύπησαν όλους τους μηχανικούς για να διεκδικήσουν το θρόνο στο ρινγκ.

Το smartphone και η κβαντική πληροφορική θα τους βοηθήσουν να κυριαρχήσουν λίγα χρόνια ακόμα

Όταν η τεχνητή νοημοσύνη ενσωματωθεί με τους εγκεφάλους, όλοι θα πουν ζήτω.

Οι γνώσεις των ανθρώπων για τα άτομα

Οι γνώσεις του κοινού ανθρώπου για τα άτομα τελειώνουν στο ηλεκτρόνιο

Ικανοποιούνται με τη γνώση του πρωτονίου και του νετρονίου

Δεν χρειάζεται να ανησυχεί για το φωτόνιο, το ποζιτρόνιο ή το μποζόνιο.

Οι άνθρωποι είναι ικανοποιημένοι με τη γνώση του διαλύματος της πτώσης του μήλου

Στην πορεία το κόστος του μήλου ανεβαίνει λόγω του πληθυσμού

Ο υπολογιστής και το smartphone βοήθησαν στην άνθηση της γνώσης

Αλλά οι άνθρωποι τα χρησιμοποιούν για να περνούν την ώρα τους και ως σύντροφοι για διασκέδαση

Τα βιβλία έπαιξαν καλύτερο ρόλο στη διάδοση των ηλεκτρονίων, των νετρονίων και των πρωτονίων

Ακόμα και αν έχουμε το Google και τη Wikipedia στα χέρια μας, δεν γνωρίζουμε το μποζόνιο

Η τεχνολογία χρησιμοποιείται όλο και περισσότερο για να δικαιολογήσει την ξεπερασμένη θρησκεία.

Το ασταθές ηλεκτρόνιο

Οι κυματοσυναρτήσεις καταρρέουν χωρίς τη γνώση και την παρατήρησή μας

Το ηλεκτρόνιο εκπέμπει ενέργεια για να παραμείνει στην τροχιά του με τη μορφή φωτονίου

Για τη μη κατάρρευση του ηλεκτρονίου, η αρχή αποκλεισμού του Pauli είναι η λύση

Το ηλεκτρόνιο έχει θολές πιθανότητες στον πυρήνα πέρα από τον προσδιορισμό του.

Η αρχή της αβεβαιότητας του Χάιζενμπεργκ προσπαθεί να πει για την αβέβαιη θέση

Η ατομική δομή είναι ένα δοχείο για το ηλεκτρόνιο που περιστρέφεται γύρω από τον πυρήνα

Τα ελεύθερα ηλεκτρόνια χάνουν ενέργεια για να κάνουν το άτομο σταθερό στη φύση

Αλλά δεν είναι δυνατόν το ηλεκτρόνιο να παραμείνει έτσι στο σύστημα για πάντα.

Λόγω της βαρύτητας, όταν τα πρωτόνια αιχμαλωτίζουν το ηλεκτρόνιο, αυτό γίνεται νετρόνιο

Τελικά, τα πάντα καταρρέουν σε μια μαύρη τρύπα στο γαλαξία, πέρα από τη φαντασία μας.

Θεμελιώδεις δυνάμεις

Η βαρύτητα, ο ηλεκτρομαγνητισμός, οι ισχυρές και οι ασθενείς πυρηνικές δυνάμεις είναι θεμελιώδεις

Και οι τέσσερις είναι τα σύμπαντα και οι γαλαξίες που διέπουν και ελέγχουν τις πηγές

Τίποτα υλικό δεν μπορεί να υπάρξει χωρίς αυτές τις θεμελιώδεις δυνάμεις

Οι ισχυρές και οι ασθενείς πυρηνικές δυνάμεις είναι οι πηγές σύνδεσης των ατόμων

Χωρίς τη βαρύτητα, τα αστέρια, οι πλανήτες και οι γαλαξίες θα ακολουθήσουν πορεία σύγκρουσης

Ο ηλεκτρομαγνητισμός είναι θεμελιώδης για τις λειτουργίες και την επικοινωνία του εγκεφάλου μας

Εξαιτίας αυτών των τεσσάρων δυνάμεων, υπάρχει η ύπαρξη πλανητικών συνδυασμών

Το γιατί και το πώς προέκυψαν αυτές οι δυνάμεις είναι δύσκολο να ειπωθεί με σιγουριά

Η σύνδεση των ατόμων μετά τη μεγάλη έκρηξη, συνέβη λόγω αυτών των δυνάμεων σιγά-σιγά

Κατά τη διαδικασία της ψύξης μετά τη μεγάλη έκρηξη, αυτές οι δυνάμεις έκαναν τα πάντα ομαλά.

Σκοπός του Homo Sapiens

Για αρκετά δισεκατομμύρια χρόνια δεν υπάρχει σκοπός των έμβιων όντων στη γη

Ξαφνικά, πριν από περίπου δέκα χιλιάδες χρόνια, ήρθε ο σκοπός για τον άνθρωπο;

Κανένα έμβιο ον δεν ήξερε ποιος ήταν ο σκοπός του στον πλανήτη με το φως του ήλιου.

Ωστόσο, με τις ακτίνες του ήλιου, ο πλανήτης που οι άνθρωποι αποκαλούσαν Γη ήταν φωτεινός.

Οι πρόγονοί μας, οι πίθηκοι και οι χιμπατζήδες, διατηρούσαν αυτόν τον πλανήτη σωστά.

Μόλις οι άνθρωποι συνειδητοποίησαν τη νοημοσύνη τους, διεκδίκησαν το σκοπό τους.

Όλα τα άλλα ζώα είναι υπηρέτες τους, οι homo sapiens υποθέτουν...

Ο σκοπός των ανθρώπων μπορεί να είναι η δική τους φαντασία.

Για να δεχτούμε την υπόθεση του σκοπού, δεν υπάρχει επιστημονική λύση.

Η θεωρία της φυσικής επιλογής του Δαρβίνου έρχεται σε αντίθεση με την έννοια του σκοπού.

Αλλά καθώς η φυσική επιλογή έχει ελλείποντες κρίκους, η πλειοψηφία των ανθρώπων την αποδέχεται.

Πριν το Missing Link

Πριν από τον χαμένο κρίκο στη διαδικασία εξέλιξης

Η εξέλιξη είχε άλλη μια σημαντική επιτυχία

Ήταν ο διαχωρισμός του Χ-χρωμοσώματος και του Υ-χρωμοσώματος.

Τα ουδέτερα ως προς το φύλο έμβια όντα ήταν επίσης ικανά να αναπαραχθούν.

Για το φύλο και την αναπαραγωγή, το ουδέτερο χρωμόσωμα δεν χρειάζεται να αποπλανήσει.

Η διαφοροποίηση του φύλου μέσω του χρωμοσώματος δημιούργησε ανισότητα.

Δύο ξεχωριστοί κώδικες DNA του αρσενικού και του θηλυκού προέκυψαν σταθερά

Η διαφοροποίηση των φύλων έγινε για την καλύτερη ικανότητα αναπαραγωγής.

Ή μήπως για να κάνει την εξέλιξη της ανώτερης τάξης ζωντανής δημιουργίας απλούστερη;

Τόσο το Χ-χρωμόσωμα όσο και το Υ-χρωμόσωμα είναι σωροί ατόμων.

Ωστόσο, τα χαρακτηριστικά τους, οι ιδιότητές τους είναι διαφορετικές και τυχαίες

Όπως ο χαμένος κρίκος, γιατί και πώς διαφοροποιούνται τα φύλα, δεν έχουμε λύση.

Αδάμ και Εύα

Ο μυθικός Αδάμ και η Εύα αντιπροσωπεύουν τα χρωμοσώματα Χ και Υ.

Το ζευγάρωμα και των δύο έχει ως αποτέλεσμα το σχηματισμό νέας ζωής, της επόμενης γενιάς

Το DNA μεταφέρει τα γενετικά χαρακτηριστικά και τις πληροφορίες

Το γονίδιο είναι υπεύθυνο για τη μετάλλαξη και τη συνεχή εξέλιξη

Το DNA είναι φορέας πληροφοριών και είναι ο αρωγός της φυσικής επιλογής.

Το αν η συνείδηση προέρχεται από την πληροφορία ή όχι είναι ασαφές.

Η κβαντική διαπλοκή των σωματιδίων μας τρελαίνει.

Κατά τη διαδικασία της διεμπλοκής, πολλοί άνθρωποι γεννιούνται τεμπέληδες.

Η συνολική εικόνα του συνδυασμού των ατόμων στον άνθρωπο με τη ζωή είναι ακόμα θολή.

Οι φανταστικοί αριθμοί είναι δύσκολοι

Οι φανταστικοί αριθμοί είναι δύσκολο να τους φανταστούμε και να τους κατανοήσουμε

Πολυπλοκότητες, που το μυαλό και ο εγκέφαλός μας δεν μπορούν εύκολα να κατανοήσουν

Πράγματα που είναι ορατά και απτά, ο εγκέφαλος μπορεί εύκολα να τα ξεδιπλώσει

Οι δύσκολες ασκήσεις, το μυαλό θέλει πάντα να τις κρατάει σε ψυχρή αποθήκη.

Γι' αυτό για να εκφράσουμε τα πολύπλοκα πράγματα, η αναλογία είναι πολύ τολμηρή.

Το να βλέπεις και να αγγίζεις πιστεύεις, είναι το βασικό ένστικτο του ανθρώπου.

Για τη φανταστική φυσική και τη φιλοσοφία, υπάρχει περιορισμένο ενδιαφέρον.

Για την εξερεύνηση νέων πραγμάτων και ιδεών, η φαντασία είναι η καλύτερη.

Χωρίς φαντασία, δυνατή ή όχι, η επιστήμη δεν μπορεί να προχωρήσει μπροστά

Όταν ανακαλύπτεις ή εφευρίσκεις νέα πράγματα, παίρνεις πάντα καλή ανταμοιβή.

Αντίστροφη καταμέτρηση

Στο τελευταίο στάδιο για την εκκίνηση ενός αγώνα, υπάρχει πάντα αντίστροφη μέτρηση.

Επειδή σε αυτό το στάδιο η ψυχική πίεση είναι τεράστια και αυξάνεται.

Στην αντίστροφη μέτρηση, το μηδέν θεωρείται ως σημείο εκκίνησης.

Η τελική επιτυχία ή αποτυχία του ταξιδιού ή του αγώνα μηδέν μόνο κοινή

Όταν είστε αρκετά ώριμοι στο υπέροχο μονοπάτι της ζωής

Μάθετε να κάνετε αντίστροφη μέτρηση για μεγαλύτερη ή μεγαλύτερη επιτυχία

Χωρίς αντίστροφη μέτρηση, τον τελικό στόχο κανείς δεν μπορεί να τον επεξεργαστεί

Η ανθρώπινη ζωή είναι πολύ σύντομη για να μετράμε προοδευτικά στο άπειρο

Η αντίστροφη μέτρηση είναι ο μόνος τρόπος για να προχωρήσετε με αλληλεγγύη στο δρόμο

Αν δεν καταφέρατε να ξεκινήσετε την αντίστροφη μέτρηση και να πετύχετε, μην κατηγορείτε το πεπρωμένο.

Όλοι ξεκινούν με το μηδέν

Όλοι γεννηθήκαμε να μετράμε με μια κραυγή που ξεκινάει με το μηδέν

Με το μέτρημα προς τα εμπρός τα επιτεύγματα είναι περισσότερα, είσαι ένας ήρωας

Ο χρόνος δεν επιτρέπει στους περισσότερους από εμάς να μετρήσουμε πέρα από το εκατό

Μέχρι τα ενενήντα, οι άνθρωποι εγκαταλείπουν τον ενθουσιασμό και παραδίδονται

Στα πενήντα που είμαστε στη μέση, καλύτερα να αρχίσουμε να μετράμε ανάποδα

Θα σας βοηθήσει να εκτιμήσετε τη ζωή και να χαμογελάσετε για τις ανταμοιβές της ζωής

Χωρίς να το καταλαβαίνουν, οι άνθρωποι μετρούν χρόνια, μήνες ή μέρες

Αύριο, πολλοί άνθρωποι δεν θα μπορούν να δουν τις πρωινές ακτίνες του ήλιου.

Αν ξεκινήσετε έγκαιρα την αντίστροφη μέτρηση προς τα εμπρός και προς τα πίσω

Όταν τελειώσει ο χρόνος σας, θα φτάσετε σίγουρα στο αποκορύφωμα.

Ερωτήσεις δεοντολογίας

Όλες οι γνώσεις, η εμπειρία και η νοημοσύνη μας είναι αυτοαποκτηθείσες.

Τεχνητή νοημοσύνη από τον παρατηρήσιμο κόσμο, ο εγκέφαλός μας απαιτείται επίσης

Αν προσπαθήσουμε να βιώσουμε τα πάντα προσωπικά, πολύ σύντομα θα κουραστούμε

Η υιοθέτηση γνώσεων από άλλους χωρίς επαλήθευση είναι τεχνητή στη φύση της

Πολλές από αυτές τις γνώσεις αποδεικνύονται λανθασμένες, στο μέλλον

Συναισθήματα όπως η αγάπη, το μίσος, ο θυμός μπορούν επίσης να προσποιηθούν από τον εγκέφαλο

Για διάφορους λόγους, για τεχνητό χαμόγελο και χαρά, ο εγκέφαλός μας προσπαθεί να εκπαιδεύσει

Η τεχνητή νοημοσύνη ήταν μέρος του ανθρώπινου πολιτισμού για την πρόοδο

Χωρίς τεχνητή νοημοσύνη δεν θα υπάρξει ταχύτερη και γρήγορη επιτυχία

Η ενσωμάτωση της φυσικής νοημοσύνης και της τεχνητής νοημοσύνης είναι το πιο δύσκολο έργο

Πριν από την πλήρη ενσωμάτωση με τον ανθρώπινο εγκέφαλο, η κοινωνία πρέπει να θέσει ηθικά ερωτήματα.

All-Sin-Tan-Cos

Η ανθρώπινη ζωή αποτελείται από τέσσερα τεταρτημόρια ταξιδιών στο χρόνο

Αν καταφέρετε να ολοκληρώσετε και τα τέσσερα τεταρτημόρια, είστε τυχεροί και μια χαρά.

Ο καθένας πρέπει να περάσει από τα είκοσι πέντε χρόνια μάθησης

Η ανάπτυξη του φυσικού σώματος φτάνει στο τέλος της

Όλοι δεν είναι τυχεροί να περάσουν το πρώτο τεταρτημόριο, λόγω της αβεβαιότητας

Ο χρόνος και η ηλικία του θανάτου είναι ακόμα θαύμα για την ανθρωπότητα

Στο δεύτερο τεταρτημόριο των είκοσι πέντε ετών, είστε πολύ απασχολημένοι με την εργασία.

Σε αναζήτηση καλύτερης ζωής και μελλοντικής ασφάλειας, όλοι τρέχουν

Κάποιοι άνθρωποι κινούνται μόνοι τους χωρίς σύντροφο, για να απολαύσουν

Το τρίτο τεταρτημόριο είναι η εποχή της σταθεροποίησης και της τελειοποίησης.

Οι γνώσεις, οι δεξιότητες και ο πλούτος σας άρχισαν να συσσωρεύονται

Τα μερίσματά σας, η επιτυχία και οι σχέσεις σας, αρχίσατε να υπολογίζετε

Στο τρίτο τεταρτημόριο, είστε το αφεντικό και ο διευθύνων σύμβουλος που οδηγεί τους άλλους

Σιγά σιγά χάνετε την όρεξη για περισσότερο πλούτο και προχωράτε πιο μακριά

Η αυτοπραγμάτωση και η γνώση του εσωτερικού εαυτού γίνονται σημαντικά μάλλον

Μέχρι να μπείτε στο τέταρτο τεταρτημόριο, η σκιά σας γίνεται μακριά

Το σώμα σας αποκτά πάρα πολλές ασθένειες, δεν είστε πια δυνατοί

Η πίεση, η ζάχαρη και άλλες ασθένειες, πρέπει να τις ελέγχετε μέσω χαπιών

Οι παρενέργειες των φαρμάκων είναι επίσης πολύ άσχημες και μπορεί να σκοτώσουν ανθρώπους

Μερικές φορές, ανησυχείτε βλέποντας τους ιατρικούς λογαριασμούς σας

Κανείς δεν ενδιαφέρεται να σε φροντίσει, όλοι είναι απασχολημένοι στο δικό τους τεταρτημόριο.

Οι περισσότεροι από τους φίλους σας έχουν επίσης εγκαταλείψει τον κόσμο, και οι φίλοι γίνονται περιττοί

Κάντε τις δραστηριότητές σας σε κάθε τεταρτημόριο αποτελεσματικά και με σύνεση

Στο τέλος του τέταρτου τεταρτημόριου δεν θα μετανιώσετε καθόλου σίγουρα.

Η δύναμη της φωτιάς

Η εφεύρεση της φωτιάς άλλαξε την πορεία του ανθρώπινου πολιτισμού

Έθεσε τα θεμέλια της δύναμης της φωτιάς στην καταστολή των συγκρούσεων

Περισσότερο έχετε τη δύναμη της φωτιάς για να καταστείλετε το πιο αδύναμο ζώο.

Έχεις περισσότερες πιθανότητες επέκτασης και επιβίωσης.

Η δύναμη της φωτιάς βοήθησε τον άνθρωπο να είναι ο πιο ικανός για να επιβιώσει και να προοδεύσει

Λόγω των μαζικών δασικών πυρκαγιών, πολλά ζώα πήραν το δρόμο της οπισθοδρόμησης

Οι άνθρωποι εξακολουθούν να έχουν τη φωτιά στην καρδιά τους, θετικά και αρνητικά.

Αυτό αποδεικνύεται από τους πολέμους στην ιστορία, που έγιναν καταστροφικοί

Ωστόσο, η θετική φωτιά της καρδιάς βοήθησε τους ανθρώπους να είναι εποικοδομητικοί

Αλλά για τον πολιτισμό, η δύναμη της φωτιάς της σύγχρονης τεχνολογίας μπορεί να αποδειχθεί καθοριστική.

Νύχτα και μέρα

Κάθε βράδυ όταν κλαίω

Ο κόσμος παραμένει ντροπαλός

Να παρηγορήσει, το σύμπαν δεν προσπαθεί

Ο πόνος ψήνεται

Η καρδιά είναι άδεια και στεγνή

Ο μοναχικός κορυδαλλός πετάει

Όλη η νύχτα είναι δική μου

Μόνος μια μέρα θα πεθάνω

Στο νεκρό μου εαυτό, οι άνθρωποι θα πουν αντίο

Ωστόσο, όταν ο ήλιος ανατέλλει, το πνεύμα είναι υψηλό

Κατά τη διάρκεια της ημέρας, δεν υπάρχει χρόνος να κλάψω

Δεν υπάρχει λόγος να το κάνω.

Μόνο εγώ πρέπει να κάνω και να πεθάνω.

Ελεύθερη βούληση και τελικό αποτέλεσμα

Στο μποτιλιάρισμα, είχα την επιλογή της ελεύθερης βούλησης να πάω αριστερά ή δεξιά

Αλλά κάθε φορά που έπαιρνα μια δική μου απόφαση, η κίνηση γινόταν σφιχτή

Είτε αριστερά, είτε δεξιά, είτε στροφή U, το μελλοντικό ταξίδι ήταν σπάνια λαμπρό

Για να μετακινηθώ κάθε μέτρο, η μοίρα μου με ανάγκαζε να παλέψω

Με ελεύθερη βούληση, το ζευγάρι που ήταν ερωτευμένο για δέκα χρόνια αποφάσισε να παντρευτεί

Εγκαινίασε το γάμο με το πανηγύρι ως προορισμό το ξεχορτάριασμα

Μετά από τρεις μήνες όλοι έμειναν έκπληκτοι όταν τους είδαν να χωρίζουν.

Ο νεαρός άνδρας επιβιβάστηκε στην πτήση για το εξωτερικό για ένα λαμπρό μέλλον με ελεύθερη βούληση

Αλλά ακόμα και μετά από ελεύθερη βούληση και πολλές ελπίδες, στη συντριβή της πτήσης, σκοτώθηκε

Υπάρχει αβέβαιη σχέση μεταξύ της ελεύθερης βούλησης και του τελικού αποτελέσματος

Κάθε στιγμή μπορεί να επιτεθεί το πεπρωμένο ή η αρχή της αβεβαιότητας.

Κβαντική Πιθανότητα

Το σύμπαν ξεκίνησε με μια χαοτική διαδικασία κβαντικών σωματιδίων

Ό,τι ακολούθησε στη συνέχεια ήταν κβαντική πιθανότητα

Τα αστέρια και άλλα ουράνια σώματα περιστρέφονται σε ομαλή τροχιά

Αλλά ως σύνολο το σύμπαν, οι γαλαξίες πάντα σκόπευαν να σκουριάσουν.

Η εντροπία του σύμπαντος πρέπει να συνεχίσει να αυξάνεται για την επιβίωσή του.

Για να εξηγηθεί η διαστολή του σύμπαντος, η σκοτεινή ενέργεια είναι απαραίτητη.

Το πολυσύμπαν δεν είναι τίποτα άλλο παρά κβαντική πιθανότητα χωρίς αποδείξεις.

Αλλά σε κάθε θρησκευτική φιλοσοφία, το πολυσύμπαν έχει αφόρητες ρίζες.

Η φυσική έχει επίσης διαφορετικές θεωρίες και υποθέσεις σχετικά με την προέλευσή μας

Η απλή και απόλυτη αλήθεια της πραγματικότητας μέχρι τώρα είναι απατηλή και κανείς δεν την έχει δει.

Θνητότητα και αθανασία

Είμαι ευτυχής που είμαι θνητός, στον κόσμο ταξιδιώτης λίγων ημερών

Είμαι πιο ευτυχής που όλοι οι άλλοι είναι αθάνατοι και παρέχουν υπηρεσίες

Οι αθάνατοι φίλοι και συγγενείς θα πουν αντίο όταν αναχωρήσω

Κανείς δεν θα μάθει ποτέ, τα επόμενα βήματά μου, αν υπάρξουν, πώς θα ξεκινήσω

Μετά από μια εβδομάδα, όλοι θα με ξεχάσουν, καθώς οι άνθρωποι είναι έξυπνοι.

Θα είναι απασχολημένοι στα σούπερ μάρκετ, γεμίζοντας το καλάθι του νοικοκυριού τους

Ακόμα και τότε, ο χρόνος θα περάσει με τον ίδιο τρόπο, μέρες, μήνες, χρόνια πολύ γρήγορα

Λόγω της Αθανασίας μπορεί να μην κουραστούν ποτέ ή δεν θα φθείρονται ή δεν θα σκουριάζουν

Μετά από εκατό χρόνια, κάποιος μπορεί να γιορτάσει την εκατονταετηρίδα του θανάτου μου.

Μετά από χίλια χρόνια, κάποιος μπορεί να με βρει στο δίχτυ, μπορεί να πει ότι ήμουν σύγχρονος

Αλλά οι αντιδράσεις του θα είναι χωρίς κανένα συναίσθημα και στιγμιαίες

Η θνητότητα και η αθανασία πάνε χέρι-χέρι, οι άνθρωποι δεν θέλουν να πεθάνουν

Ωστόσο, μέχρι την τελευταία μέρα της ζωής μου, για να γίνω αθάνατος, δεν θα προσπαθήσω ποτέ.

Το τρελό κορίτσι του σταυροδρομίου

Περιπλανιέται στο σταυροδρόμι, κάθε μέρα, γελώντας, χαμογελώντας και μιλώντας στον εαυτό της.

Ποτέ δεν την ενοχλεί ποιος έρχεται, ποιος φεύγει, δεν ενδιαφέρεται καθόλου για την προσοχή

Δεν την ενοχλεί το βρώμικο φόρεμά της, το πρόσωπο χωρίς μακιγιάζ και τα σκονισμένα μαλλιά της

Αν το χαμόγελο και το γέλιο είναι σημάδια ευτυχίας, πρέπει να είναι ευτυχισμένη και χαρούμενη

Πρέπει επίσης να είναι ένας σωρός από πρωτόνια, νετρόνια, ηλεκτρόνια και άλλα θεμελιώδη σωματίδια

Ακολουθώντας τους ίδιους νόμους της κίνησης, της βαρύτητας του ηλεκτρομαγνητισμού και της κβαντομηχανικής

Ωστόσο, είναι διαφορετική, μπορεί να έχει ατίθασες συμπεριφορές ασταθών ηλεκτρονίων

Οι γιατροί δεν μπόρεσαν να δώσουν καμία λύση, γιατί είναι διαφορετική και θεραπεύεται

Δεν υπάρχουν πραγματικές εξηγήσεις για τις ασύμμετρες συμπεριφορές της συνείδησής της

Η συνείδηση και οι εκπομπές των νευρώνων της είναι πέρα από την εξήγηση της κβαντικής θεωρίας

Για το χαμογελαστό της πρόσωπο και την ευτυχία της, οι άνθρωποι δείχνουν οίκτο και εκφράζουν τη λύπη τους

Αλλά, ανεξάρτητα από τους κβαντικούς παρατηρητές, ζει τη ζωή της χαρούμενη.

Άτομο έναντι μορίων

Τα μόρια μπορεί να μην είναι θεμελιώδη για τη δημιουργία του πλανήτη και του σύμπαντος

Ο άνθρακας, το υδρογόνο, το οξυγόνο, το πυρίτιο και το άζωτο έκαναν τη γη πολύμορφη

Το ασβέστιο, ο σίδηρος, το νάτριο, το κάλιο όλα με τη μορφή μορίων βυθίζονται

Χωρίς συνδυασμό ατόμων τα μόρια δεν είναι δυνατά είναι αλήθεια

Αλλά χωρίς να γίνουν μόρια, η ύπαρξη των στοιχείων δεν μπορεί να προκύψει

Το νετρόνιο μπορεί να διασπαστεί και να γίνει πρωτόνιο και ηλεκτρόνιο για να γίνει διαφορετικό άτομο

Ο συνδυασμός πρωτονίων και ηλεκτρονίων συμβαίνει επίσης τυχαία.

Οι πρωτεΐνες και τα αμινοξέα ήρθαν με τη μορφή μορίων για να καταστήσουν δυνατή τη ζωή

Η φωτοσύνθεση για την παροχή τροφής στο ζωικό βασίλειο σε ατομική κατάσταση είναι αδύνατη

Καθώς τα μόρια δεν είναι ασταθή όπως το άτομο, για την ύπαρξή μας, τα μόρια είναι αξιόπιστα.

Ας πάρουμε ένα νέο ψήφισμα

Τα ποτάμια, οι λίμνες, οι θάλασσες και οι ωκεανοί έχουν όλοι πυθμένα.

Το βάθος κάθε υδάτινου σώματος δεν είναι συμμετρικό αλλά τυχαίο.

Οι λόφοι μπορεί να είναι ψηλοί ή κοντοί, πράσινοι ή λευκοί καθ' όλη τη διάρκεια του έτους

Αλλά για τα χαρακτηριστικά των πάντων, μόνο τα άτομα έχουν σημασία.

Η ομορφιά της φύσης ή τα αστέρια ή οι γυναίκες, όλα είναι σωροί από άτομα

Κανείς δεν μπορεί να δει την ομορφιά των πραγμάτων χωρίς την εκπομπή φωτογραφιών.

Τα θεμελιώδη σωματίδια και τα άτομα, κάνουν όλη τη διαφορά σε συνδυασμό

Τα ανθρώπινα όντα δεν έχουν κανέναν έλεγχο σε τίποτα στην αρχή του σχηματισμού.

Ούτε οι άνθρωποι έκαναν κάτι για να επιταχύνουν ή να επιβραδύνουν τη διαδικασία της εξέλιξης.

Για να κάνουμε τον κόσμο καλύτερο με αγάπη και αδελφοσύνη μπορούμε να πάρουμε απόφαση.

Στατιστικές Fermi-Dirac

Στην καθημερινή μας ζωή, βλέπουμε πολυάριθμους ανθρώπους χωρίς αλληλεπίδραση

Η στατιστική Fermi-Dirac μπορεί να μας δώσει μια λογική λύση κατανόησης

Η στατιστική είναι εφαρμόσιμη τόσο στην κλασική όσο και στην κβαντική μηχανική

Κάθε άνθρωπος έχει διαφορετική νοοτροπία, συμπεριφορά και δυναμική

Κάθε θεμελιώδες σωματίδιο έχει τους δικούς του τρόπους θερμοδυναμικής ισορροπίας

Ακόμη και χωρίς μετρήσιμη μάζα, τα σωματίδια έχουν την ορμή τους

Η στατιστική Bose-Einstein εφαρμόζεται επίσης σε πανομοιότυπα, αδιάκριτα σωματίδια

Η όλη διαδικασία περιγραφής των σωματιδίων είναι πολύπλοκη και όχι απλή

Κάποια στιγμή, στο άπειρο σύμπαν, η κατανόησή μας παραλύει.

Αλλά η περιέργεια του ανθρώπινου μυαλού και της φυσικής δεν λυγίζουν ποτέ εντελώς.

Απάνθρωπη νοοτροπία

Οι άνθρωποι έχουν γίνει απάνθρωποι και σκληροί

Αν και στις μέρες μας δεν υπάρχει ιστορική μονομαχία

Αλλά για τη δολοφονία αθώων, ένα ασήμαντο θέμα μπορεί να δώσει τροφή

Η ανοχή μειώνεται πιο γρήγορα από το νόμο της φθίνουσας απόδοσης.

Αν υπερασπίζεσαι την αλήθεια και τη δικαιοσύνη, η επόμενη σφαίρα μπορεί να είναι η σειρά σου.

Για μικρά περιστατικά, πολλές πόλεις καίγονται τρελά.

Οποιαδήποτε στιγμή, οπουδήποτε, για οποιονδήποτε λόγο, η θανατηφόρα βία μπορεί να επιστρέψει.

Οι άνθρωποι στις μέρες μας διψούν για ανθρώπινο αίμα.

Περισσότεροι άνθρωποι πεθαίνουν στον κόσμο από τη βία παρά από τις καταστροφικές πλημμύρες.

Η θυσία του Ιησού για την ανθρωπότητα, είναι τώρα σε ματαιότητα, καθώς η σκληρότητα βρίσκεται στο αποκορύφωμα

Με τη βία, τον πόλεμο, το μίσος, τη μισαλλοδοξία, σύντομα ο ιστός της ανθρωπότητας θα σπάσει.

Επιχειρησιακή διαδικασία

Είναι η ζωή μόνο μια επιχειρηματική διαδικασία για τη μεγιστοποίηση της παραγωγικότητας και των κερδών;

Ή είναι μια φυσική διαδικασία που συμβάλλει στην εξέλιξη και την πρόοδο;

Ολόκληρη η κοινωνία έχει πλέον μετατραπεί σε χώρο εμπορίας προϊόντων

Το πώς να ξεγελάς τους ανθρώπους είναι πλέον μια μεγάλη δεξιότητα για την επιβίωση και την επίτευξη της καλύτερης δυνατότητας

Αδύνατον να προχωρήσουμε με αλήθειες και να είμαστε απλοί και ειλικρινείς

Υπάρχει άπειρη απληστία για πλούτο και για να γίνουμε διάσημοι με κάθε τρόπο

Για πνευματικό εμπλουτισμό, κανείς δεν επιθυμεί να αφιερώσει χρόνο ή να διαβάσει ένα βιβλίο

Στην αγορά, με κάποιο τρόπο πρέπει να πουλήσετε τις υπηρεσίες ή το προϊόν σας

Από τον κοινωνικό ιστό, τις σχέσεις και τις αξίες, πάντα αφαιρούνται

Αν δεν μπορείς να κάνεις μάρκετινγκ και να κερδίσεις κέρδος, τίποτα στη ζωή δεν μπορείς να κατασκευάσεις.

Αναπαύσου εν ειρήνη (RIP)

Όταν πεθάνω, κάποιος μπορεί να γράψει μια νεκρολογία

Αλλά το να πω "αναπαύσου εν ειρήνη" θα είναι το κύριο σχόλιο

Κανείς δεν με ρωτάει τώρα, αν είμαι σε ειρήνη ή όχι

Ακόμα και οι πιο στενοί μου φίλοι πέφτουν στην ίδια μοίρα

Δεν έχω ρωτήσει κανέναν, σχετικά με την ειρήνη τους

Μετά το θάνατο των φίλων μου μέχρι τώρα, ακολουθώ και εγώ τα ίδια μέσα

Ο θάνατος είναι πλέον πολύ φτηνός και χωρίς συναισθήματα για όλους μας.

Αν και είναι αλήθεια ότι μια μέρα όλοι θα επιβιβαστούν στο λεωφορείο...

Μετά το θάνατο, η ειρήνη και η ευτυχία γίνονται άσχετες.

Η ανάπαυση εν ειρήνη είναι μια πολύ πρόσφατη πατέντα του σύγχρονου τρόπου ζωής.

Οι άνθρωποι είναι πολύ απασχολημένοι και δεν έχουν χρόνο για ειρήνη και ξεκούραση.

Μετά το θάνατο το να πεις ανάπαυση εν ειρήνη στους φίλους σου είναι εύκολο και καλύτερο.

Είναι οι ψυχές πραγματικές ή φαντασία;

Η ύπαρξη των ψυχών αμφισβητείται πάντοτε, καθώς δεν υπάρχουν επιστημονικά στοιχεία

Η συνείδηση των έμβιων όντων είναι πραγματική, αλλά είναι θέμα πρόνοιας;

Η υπόθεση των ψυχών είναι βαθιά ριζωμένη, επιβίωσε από πολιτισμό σε πολιτισμό

Οι ψυχές και η συνέχειά τους μετά το θάνατο είναι αναπόσπαστο μέρος των περισσότερων θρησκειών

Για την απόδειξη αυτού του σημείου, η ενσάρκωση και οι προφήτες αποτελούν θρησκευτική λύση

Ωστόσο, δεδομένου ότι απέτυχαν μέχρι σήμερα να βρουν τον χαμένο κρίκο του σώματος και της ψυχής

Η αιτία της συνείδησης ανώτερης τάξης παραμένει επίσης αδιευκρίνιστη.

Στους άπειρους γαλαξίες, η εξερεύνηση της επιστήμης είναι μόνο μια μικρή σκόνη

Στα σχετικά ερωτήματα για τις ψυχές και τη συνείδηση, η επιστήμη πρέπει να απαντήσει

Διαφορετικά, στην επικράτεια του χρόνου, πολλές υποθέσεις της επιστήμης θα σκουριάσουν.

Είναι οι ψυχές πραγματικές ή φαντασία;

Η ύπαρξη των ψυχών αμφισβητείται πάντοτε, καθώς δεν υπάρχουν επιστημονικά στοιχεία

Η συνείδηση των έμβιων όντων είναι πραγματική, αλλά είναι θέμα πρόνοιας;

Η υπόθεση των ψυχών είναι βαθιά ριζωμένη, επιβίωσε από πολιτισμό σε πολιτισμό

Οι ψυχές και η συνέχειά τους μετά το θάνατο είναι αναπόσπαστο μέρος των περισσότερων θρησκειών

Για την απόδειξη αυτού του σημείου, η ενσάρκωση και οι προφήτες αποτελούν θρησκευτική λύση

Ωστόσο, δεδομένου ότι απέτυχαν μέχρι σήμερα να βρουν τον χαμένο κρίκο του σώματος και της ψυχής

Η αιτία της συνείδησης ανώτερης τάξης παραμένει επίσης αδιευκρίνιστη.

Στους άπειρους γαλαξίες, η εξερεύνηση της επιστήμης είναι μόνο μια μικρή σκόνη

Στα σχετικά ερωτήματα για τις ψυχές και τη συνείδηση, η επιστήμη πρέπει να απαντήσει

Διαφορετικά, στην επικράτεια του χρόνου, πολλές υποθέσεις της επιστήμης θα σκουριάσουν.

Είναι όλες οι ψυχές μέρος του ίδιου πακέτου;

Είναι οι ψυχές των διαφορετικών έμβιων όντων μέρος του ίδιου πακέτου λογισμικού;

Κάθε ψυχή έχει την κβαντική διεμπλοκή, αλλά διαφορετικές αποσκευές.

Μέσω της εξέλιξης, όλα τα έμβια όντα έχουν οικολογικό δέσιμο.

Πολλά είδη εξαφανίστηκαν, επειδή με το πέρασμα του χρόνου δεν προόδευσαν.

Ο άνθρωπος, το αυτοανακηρυγμένο ανώτερο ζώο, ψάχνει τώρα για τη διάσωσή του.

Ωστόσο, η σχέση μεταξύ του λογισμικού και του υλικού της ζωής λείπει.

Η επιστήμη, οι θρησκείες και η φιλοσοφία έχουν τη δική τους μοναδική σκέψη

Κανείς δεν μπορεί να αποδείξει πειστικά ότι η υπόθεσή του είναι σωστή.

Όταν τα περίεργα μυαλά κάνουν δύσκολες ερωτήσεις, όλοι αποσύρονται.

Στο θέμα της σχέσης ψυχής-σώματος, μέχρι τώρα, οι θρησκείες έχουν μεγαλύτερο αντίκτυπο.

Ο πυρήνας

Χωρίς πυρήνα, κανένα άτομο δεν μπορεί να σχηματιστεί ή να υπάρξει ως άτομο.

Τα θεμελιώδη σωματίδια καθαυτά δεν μπορούν να σχηματιστούν και να αποτελέσουν ύλη

Τα πράγματα στο σύμπαν μπορεί να έχουν μια υπόθεση για να εξηγηθούν καλύτερα

Το ηλιακό σύστημα δεν μπορεί να υπάρξει και να συνεχιστεί χωρίς τον ήλιο.

Οι δορυφόροι είναι επίσης δυνάμεις εξισορρόπησης, και όχι για την ανθρώπινη διασκέδαση

Χωρίς έναν κεντρικό πυρήνα με τεράστια ενέργεια, το σύμπαν δεν μπορεί να είναι σε τάξη

Είτε πρόκειται για τον Θεό είτε για κάτι άλλο, η φυσική πρέπει να ψάξει περισσότερο

Οι αποστάσεις μεταξύ των άστρων και των γαλαξιών είναι πέρα από την εμβέλεια του πυραύλου μας

Μέχρι τώρα η εξερεύνηση κάθε γωνιάς του γαλαξία μας είναι πέρα από την τσέπη μας.

Ωστόσο, πολλοί άνθρωποι είναι έτοιμοι να πάνε στο διάστημα για πάντα, αγοράζοντας ακριβά εισιτήρια

Αυτή η περιέργεια και η ώθηση να γνωρίσουν το άγνωστο είναι πολιτισμός.

Με την κβαντική τεχνολογία η εξερεύνηση του διαστήματος θα αποκτήσει δυναμική

Μέχρι να βρούμε τον απόλυτο πυρήνα ή την αλήθεια πίσω από τη σύνδεση των άστρων.

Ας είναι οι άνθρωποι ευτυχισμένοι με τις θρησκευτικές τους πεποιθήσεις και προσευχές.

Πέρα από τη Φυσική

Πέρα από τον παράξενο κόσμο της φυσικής, ο κόσμος της βιολογίας

Ο συνδυασμός των ατόμων δημιούργησε τα μόρια των πρωτεϊνών

Οι ιοί και οι μονοκύτταροι οργανισμοί δημιουργήθηκαν

Ο φορέας πληροφοριών DNA ξεκίνησε τη διαδικασία της εξέλιξης

Η διασύνδεση της φυσικής και της βιολογίας μπορεί να δώσει θεμελιώδη λύση

Η αντίστροφη μηχανική μέσω της γενετικής μπορεί να πει πώς προέκυψε η ζωή

Για τον παντοδύναμο Θεό μπορεί να μην υπάρχει τίποτα μέσα στο παιχνίδι.

Πέρα από τη φυσική υπάρχει η αγάπη, η ανθρωπιά και η μητρότητα για να δώσει νέα ζωή

Όπως ο συνδυασμός του πρωτονίου και του ηλεκτρονίου έχουμε σύζυγο και σύζυγο

Το μυστήριο της δημιουργίας θα συνεχιστεί ακόμη και μετά την κβαντομηχανική

Κάποιοι φυσικοί θα μας δώσουν νέες ιδέες για την ύπαρξη με νέες υποθέσεις

Η ζωή θα συνεχίσει να ανταγωνίζεται την τεχνητή νοημοσύνη και τους πολέμους

Τα ανθρώπινα όντα μπορεί να μην βρουν τον λόγο της ύπαρξης αλλά θα αποικίσουν τα αστέρια.

Επιστήμη και θρησκεία

Η επιστήμη δεν αναφέρεται ποτέ σε θρησκευτικά κείμενα για να αποδείξει τις θεωρίες της

Οι επιστημονικές θεωρίες και υποθέσεις δεν βασίζονται σε αναμνήσεις

Τα θρησκευτικά κείμενα στα αρχικά στάδια του πολιτισμού περνούσαν από γενιά σε γενιά

Αυτά τα κείμενα προσπαθούν πάντα να πάρουν από τις επιστήμες επιβεβαίωση

Αν ο Θεός έχει ύπαρξη σε έναν άλλο γαλαξία, το θρησκευτικό κείμενο δεν είναι η εκδοχή του

Για να το αποδείξουν με επιβεβαίωση, οι θρησκευτικοί ηγέτες δεν έχουν καμία λύση.

Συχνά, αναφέρουν ένα κομμάτι στίχο για να το αποδείξουν ως βασισμένο στην επιστήμη

Αλλά δεν υπάρχουν μαθηματικές αναφορές των θεμελιωδών νόμων για την υπεράσπισή τους.

Οι προφήτες και οι θρησκευτικοί ηγέτες δεν είναι εφευρέτες επιστημονικών θεωριών

Μοιάζουν με τη φύση και οι φυσικοί νόμοι είναι μόνο επακόλουθα

Η θρησκεία και η επιστήμη μπορεί να είναι οι δύο όψεις του νομίσματος που ονομάζεται ζωή

Αλλά όταν πρόκειται για εργαστηριακές ή φυσικές δοκιμές, οι θρησκείες διολισθαίνουν.

Θρησκείες και πολυσύμπαν

Όπου κι αν βρίσκεστε, να είστε ευτυχισμένοι και να ζείτε ειρηνικά

Αυτή είναι η άποψη των περισσότερων θρησκειών για τις ψυχές

Αυτό σημαίνει ότι οι θρησκείες γνωρίζουν για το παράλληλο σύμπαν;

Ή είναι ο ευκολότερος τρόπος για τη μοναξιά για τους κοντινούς και αγαπημένους ανθρώπους;

Η έννοια του πολλαπλού σύμπαντος είναι εγγενής σε λίγες θρησκείες

Αλλά ήταν πέρα από την κβαντική διεμπλοκή και τις συγκεκριμένες λύσεις

Ακόμη και η σημερινή έννοια του παράλληλου σύμπαντος είναι χωρίς κατεύθυνση

Η Φυσική πηγαίνει βαθύτερα μέσα στο άτομο και τα θεμελιώδη σωματίδια.

Αντί να γίνετε συγκεκριμένοι, γίνετε φιλοσοφικοί με τα εμπόδια

Ακόμα και σε μεγαλύτερα μεγέθη του σύμπαντος, οι κοσμολογικές σταθερές διαφέρουν.

Τότε ολόκληρη η θεωρία ή η υπόθεση άρχισε να αμφισβητείται και να υποφέρει.

Οι θρησκείες είναι θέμα πίστης και οι πιστοί δεν ζητούν ποτέ αποδείξεις.

Ακόμα και τα πιο επιστημονικά και ορθολογικά μυαλά δεν λένε ποτέ ότι η άποψη είναι χαζή.

Το μέλλον της επιστήμης και το πολυσύμπαν

Όταν οι άνθρωποι πεθαίνουν, οι συγγενείς λένε, ζήστε ειρηνικά, όπου κι αν βρίσκεστε

Αυτή η θρησκευτική άποψη είναι βαθιά ριζωμένη στην κοινωνία και εκτείνεται πολύ μακριά

Οι άνθρωποι παρηγορούνται από τον πόνο της αναχώρησης και προσπαθούν να επουλώσουν την ουλή

Η πλειονότητα αυτών των ανθρώπων δεν γνωρίζει την κβαντική εμπλοκή

Το αν υπάρχει ή όχι το πολυσύμπαν, γι' αυτούς δεν είναι καθόλου σημαντικό

Όπως κάθε ζώο, έτσι και οι άνθρωποι φοβούνται να πεθάνουν και να εγκαταλείψουν τον κόσμο

Έτσι, η ιδέα της ζωής σε έναν άλλο γαλαξία μπορεί να έχει ξεδιπλωθεί

Μπορεί επίσης να είναι πιθανό ότι ο πολιτισμός μας είναι παλαιότερος από ό,τι λένε τα στοιχεία

Εκατομμύρια χρόνια πριν, κάποια προηγμένα πλάσματα μπορεί να ήταν εδώ στο δρόμο.

Οι άνθρωποι από τον κόσμο μπορεί να είχαν αλληλεπιδράσει με αυτά τα πλάσματα.

Μόλις έφυγαν για τον προορισμό τους, οι άνθρωποι άρχισαν να κάνουν προσευχές.

Η ύπαρξη άλλων συμπάντων ήρθε από στόμα σε στόμα.

Μακροπρόθεσμα, η ύπαρξη ζωής σε άλλα σύμπαντα γίνεται ισχυρή.

Η φυσική έχει τώρα την υπόθεση για το πολυσύμπαν για να εξηγήσει τη φύση.

Αν όντως υπάρχει πολυσύμπαν σε άλλους γαλαξίες, διαφορετικό θα είναι το μέλλον της επιστήμης.

Μέλισσες

Στον κόσμο, η πλειονότητα των ανθρώπων ζει όπως οι μέλισσες.

Αν κοιτάξετε από ψηλά, τα τεράστια κτίρια είναι δέντρα.

Στις οικιστικές τους κοινότητες, δεν έχουν ταυτότητα.

Ωστόσο, όπως οι μέλισσες των κυψελών, όλοι ζουν στο σπίτι τους με αλληλεγγύη

Δουλεύουν και εργάζονται για τους απογόνους τους, χωρίς καμία ανάπαυση.

Προσπαθούν πάντα να δώσουν στα παιδιά τους αυτό που θεωρούν καλύτερο.

Όπως οι μέλισσες, μόνο τη νύχτα ξεκουράζονται.

Μια μέρα τα πόδια τους αδυνατούν να περπατήσουν και τα χέρια τους να δουλέψουν

Μέχρι εκείνη τη στιγμή, τα παιδιά τους ενηλικιώθηκαν και άρχισαν να κουνιούνται

Στο γηροκομείο ή στο άσυλο, το ανάπηρο σώμα είναι κλειδωμένο.

Όλοι ξέχασαν, μια φορά κι έναν καιρό, πόσο σκληρά δούλευαν.

Όπως η μέλισσα, πέφτουν κι αυτοί στο έδαφος, χωρίς κανείς να το προσέξει.

Αλλά κατά τη διάρκεια των πιο πράσινων ημερών, για να απολαύσουν τη ζωή, μερικούς ανθρώπους δεν μπορείς να πείσεις.

Ίδιο αποτέλεσμα

Η κβαντομηχανική δεν κάνει ποτέ διάκριση μεταξύ αισιόδοξου και απαισιόδοξου

Η διαφορά μπορεί να οφείλεται στην κβαντική πιθανότητα ή στην εμπλοκή

Ο αισιόδοξος και ο απαισιόδοξος είναι οι δύο όψεις του ίδιου νομίσματος στον κόσμο

Αλλά, στην καθημερινή ζωή, με διαφορετικούς τρόπους, διαφορετικά ξεδιπλώνονται

Στο παιχνίδι του κρίκετ και του ποδοσφαίρου, μπορείτε να κερδίσετε ακόμη και αν χάσετε τη ρίψη

Με την απαισιοδοξία, το άτομο μπορεί να κερδίσει μακροπρόθεσμα, με τις ευλογίες του σταυρού

Η αισιοδοξία δεν εγγυάται την επιτυχία και την ευτυχία σε όλη τη ζωή

Για πολλούς αισιόδοξους μακροπρόθεσμα, η αισιοδοξία παραμένει μόνο ως διαφημιστική εκστρατεία

Οι απαισιόδοξοι πεθαίνουν μόνο μια φορά, και μάλιστα ευτυχισμένοι, χωρίς να μετανιώνουν για την αποτυχία τους

Οι αισιόδοξοι πεθαίνουν αρκετές φορές αφού κάθε όνειρο εκτροχιάζεται, να είστε σίγουροι

Για αισιόδοξους ή απαισιόδοξους, ο μόνος τρόπος είναι να προχωρήσουν και να τελειώσουν το παιχνίδι

Παρά την ελεύθερη βούληση, η σκληρή δουλειά, η κβαντική εμπλοκή θα δώσει το ίδιο αποτέλεσμα.

Κάτι και τίποτα

Κάτι και τίποτα, τίποτα και κάτι

Θεός, όχι Θεός, όχι Θεός, Θεός πιο αινιγματικός από το αυγό έναντι της κότας

Μεγάλη έκρηξη ή καμία αρχή, κανένα τέλος, μόνο διαστολή και διαστολή

Σκοτεινή ενέργεια ή όχι σκοτεινή ενέργεια, το σύμπαν διαστέλλεται ή απλά μια οφθαλμαπάτη

Η αντιύλη και τα θεμελιώδη σωματίδια έχουν τους δικούς τους ρόλους και τη δική τους ωριμότητα

Οι νόμοι της φυσικής διατυπώθηκαν πρώτοι ή το σύμπαν ήρθε πρώτο

Είναι επίσης ένα σοβαρό ερώτημα, όπως το κάτι και το τίποτα, δεν πρέπει να σκουριάζει.

Για να γνωρίσουμε τη φύση και το σύμπαν, κάθε ερώτηση πρέπει να έχει απάντηση.

Πώς θα γίνει η ολοκλήρωση της φυσικής, της βιολογίας, της χημείας και των μαθηματικών;

Τα ανθρώπινα συναισθήματα και η συνείδηση είναι επίσης διαφορετικά.

Αβέβαιο επίσης, αν η θεωρία των πάντων μπορεί να γυρίσει...

Ενδιάμεσα, οι θρησκείες έχουν τη δύναμη να αναγκάσουν τον κόσμο να καεί.

Ακόμα και μετά την αλληλουχία του γονιδιώματος και τη γνώση της κβαντικής διεμπλοκής...

Οι άνθρωποι είναι ευτυχείς και ικανοποιημένοι με την εγγραφή τους σε θρησκευτικό διακανονισμό.

Επειδή η φυσική είναι ακόμα μακριά για να αποφασίσει κάτι ή τίποτα.

Η ποίηση στα καλύτερά της

Η καλύτερη επιστημονική ποίηση που γράφτηκε ποτέ αφορούσε τη μάζα και την ενέργεια

Αυτό οδηγεί στην εξήγηση του χώρου, του χρόνου, της μάζας και της ενέργειας σε συνέργεια

Το Ε ίσο με m c τετράγωνο άλλαξε πολλά πράγματα στη φυσική για πάντα.

Η δημοτικότητα οποιουδήποτε νόμου της επιστήμης, όπως η σχέση ύλης ενέργειας, είναι σπάνια

Ακόμα και οι νόμοι του Νεύτωνα για την κίνηση παραμένουν πίσω σε μερίδιο δημοτικότητας.

Η δυαδικότητα ύλης-ενέργειας κατέστρεψε τη βασιλεία της κλασικής φυσικής

Άνοιξε τον άγνωστο κόσμο της κβαντικής θεωρίας και μηχανικής.

Η ποίηση που εξηγεί το μεγαλύτερο μέρος του ορατού μας κόσμου είναι η εξίσωση ύλης ενέργειας

Η θεωρία της σχετικότητας έδωσε λύση σε πολλά ανεξήγητα πράγματα

Η βαρύτητα, η ηλεκτρομαγνητική δύναμη, οι ισχυρές και ασθενείς πυρηνικές δυνάμεις είναι αόρατες

Αλλά η εφαρμογή τους στη μηχανική, κατέστησε δυνατό αυτόν τον σύγχρονο κόσμο

Στην εξήγηση της φιλοσοφίας της φύσης, η ποίηση και η φυσική είναι συμβατές.

Το γκριζάρισμα των μαλλιών σας

Τα γκρίζα μαλλιά και τα γηρατειά δεν σημαίνουν γνώση και σοφία

Ακόμα και στο τέλος της ζωής μετά τα ογδόντα, πολλοί άνθρωποι ζουν στο βασίλειο του ανόητου

Η πλειοψηφία των ανθρώπων δεν μαθαίνει από την εμπειρία και το παρελθόν

Έτσι, η ανωριμότητα και η ανοησία τους επιμένουν μέχρι την τελευταία τους πνοή

Τα πτυχία και ο πλούτος δεν μπορούν να κάνουν κανέναν τζέντλεμαν

Χωρίς αξίες και συναισθήματα στην καρδιά, μπορείς να γίνεις μόνο ένας πωλητής

Η γνώση και η σοφία με τις αξίες θα σας κάνουν εγγενώς καλούς

Ακόμα και με τους φτωχότερους των φτωχών, δεν μπορείς να συμπεριφέρεσαι αγενώς

Οι τίμιοι άνθρωποι που βασίζονται σε αξίες είναι πλέον περισσότερο απαραίτητοι στην κοινωνία

Δεν χρειαζόμαστε επαγγελματίες και μορφωμένους με διεφθαρμένη νοοτροπία.

Ασταθής άνθρωπος

Η πλειονότητα των ανθρώπων είναι ασταθείς και με ψυχικά προβλήματα υγείας

Οι ατίθασες συμπεριφορές των νεαρών ανδρών, τα ηλεκτρόνια μπορεί να έχουν στοιχεία

Η φυσική μπορεί να μας εξηγήσει, γιατί ο ουρανός δεν είναι πραγματικός αλλά φαίνεται μπλε

Ακόμα και τώρα, τα φάρμακα δεν μπορούν να θεραπεύσουν γρήγορα, τα κρυολογήματα και την εποχική γρίπη

Γιατί ορισμένοι ιοί εξακολουθούν να είναι ανίκητοι, ούτε η φυσική ούτε οι γιατροί έχουν απάντηση

Η τέλεια πρόβλεψη του καιρού και των βροχοπτώσεων είναι πολύ περιορισμένη και σπάνια

Στην ανθρώπινη ζωή ο εγκέφαλος εκπέμπει δισεκατομμύρια νετρόνια για την εκδήλωση συναισθημάτων

Όμως, κανένας φυσικός δεν μπορεί να κάνει σωστή πρόβλεψη.

Η κβαντική πιθανότητα κάθε μελλοντικής στιγμής είναι απεριόριστη

Οποιαδήποτε στιγμή, σε οποιοδήποτε ατύχημα, ο καλύτερος γιατρός μπορεί να σκοτωθεί.

Αφήστε την ποίηση να είναι απλή όπως η φυσική

Γιατί η ποίηση δεν μπορεί να είναι τόσο απλή όσο τα μαθηματικά και η φυσική

Η αλήθεια είναι πάντα απλή, ξεκάθαρη και δεν χρειάζεται δύσκολες λέξεις

Η ποίηση δεν χρειάζεται να είναι σκληρή πέρα από την κατανόηση του κοινού ανθρώπου

Δεν είναι μόνο για τις ελίτ τάξεις για να γνωρίζουν τις εσωτερικές εκφράσεις

Όπως οι νόμοι των πλανητικών κινήσεων, η ποίηση πρέπει να είναι απλή και όμορφη

Η ποίηση πρέπει να είναι ικανή να εμφυσήσει καλύτερες ανθρώπινες αξίες για να κάνει τη ζωή χαρούμενη

Οι νόμοι του Νεύτωνα είναι τόσο απλοί και κατανοητοί

Το σύνολο των πλανητικών κινήσεων, με απλό τρόπο, μπορούμε να πούμε γύρω από

Το Ε ίσο με το τετράγωνο m c εξηγεί τη δυαδικότητα της ύλης και της ενέργειας, χωρίς πολυπλοκότητα

Η φυσική και η ποίηση μπορούν εύκολα να συνδυαστούν για να κάνουν τη ζωή καλύτερη

Δύσκολες λέξεις και μόνο με εσωτερικό νόημα, η ποίηση δεν θα γίνει ισχυρότερη

Δεν υπάρχει ορισμός της ποίησης, είναι οριακή λιγότερο όπως οι γαλαξίες πέρα από το γαλαξία μας

Σχετικά με τα μαθηματικά και τη φυσική, μια απλή ποίηση μπορεί εύκολα να πει.

Max Planck Ο Μέγας

Η κβαντομηχανική εξελίχθηκε αμέσως μετά τη δημιουργία του σύμπαντος

Οι συμπεριφορές των θεμελιωδών σωματιδίων ήταν ασταθείς, τυχαίες και ποικίλες

Γρήγορα, το ηλεκτρόνιο, το πρωτόνιο, το νετρόνιο, το φωτόνιο προέκυψαν στην πορεία.

Κανείς δεν γνωρίζει από πού προήλθε η απαιτούμενη αρχική σπίθα και δύναμη

Για δισεκατομμύρια χρόνια, η ομαλή μοναδικότητα μετακινήθηκε προς το χάος αυξάνοντας την εντροπία

Μήπως το σύμπαν, η ύλη και η ενέργεια είναι νέο πρωτότυπο του παλιού αντιγράφου;

Ο Μαξ Πλανκ ανακάλυψε την κβαντική θεωρία, μετά την έλευση του homo sapiens στη γη.

Η σύγχρονη φυσική και η κβαντομηχανική, η ανακάλυψή του γέννησε την κβαντομηχανική.

Αν και οι άνθρωποι ήρθαν στον κόσμο μέσω της διαδικασίας της εξέλιξης...

Το ηλεκτρόνιο, το πρωτόνιο, το νετρόνιο δεν πέρασαν ποτέ από την εξέλιξη, η φυσική δεν έχει λύση.

Εξακολουθούν να λείπουν πάρα πολλοί κρίκοι για να εξηγήσει, από πού προήλθε η ενέργεια από την ύλη

Στη δημιουργία του σύμπαντος, η φυσική και η εξέλιξη δεν είναι το μόνο παιχνίδι.

Σημασία του παρατηρητή

Κάποτε ο κόσμος κυβερνιόταν από δεινόσαυρους και άλλα ερπετά

Λόγω της εξέλιξης και της φυσικής επιλογής, κάποια άρχισαν να πετούν

Τα έξυπνα και ληθαργικά είδη παρέμειναν στους ωκεανούς και τις θάλασσες

Κατά τη διάρκεια της χρυσής κυριαρχίας των δεινοσαύρων, η γη κινείται γύρω από τον ήλιο

Το ηλιοτρόπιο γνωρίζει την ανατολή και το ηλιοβασίλεμα και αναλόγως στρέφεται

Κανένα έμβιο ον δεν ασχολείται με την περιστροφή και την περιστροφή της γης.

Ακόμα και στην πλοήγηση, τα αποδημητικά πουλιά ήταν ακριβή και πολύ έξυπνα.

Για χιλιάδες χρόνια, ακόμη και οι homo sapiens δεν γνώριζαν την περιστροφή.

Ώσπου ο ευφυής Γαλιλαίος έδωσε στον κόσμο μια ριζοσπαστική θέση που έβγαλε το μυαλό.

Τα ζώα δεν αντιτάχθηκαν στη θεωρία της περιστροφής και της επανάστασης.

Αλλά οι συνάνθρωποί τους αντιτάχθηκαν στον Γαλιλαίο και τη θεωρία του με αποφασιστικότητα.

Ο Γαλιλαίος φυλακίστηκε επειδή σκεφτόταν διαφορετικά και ενάντια σε πανάρχαιες πεποιθήσεις.

Αλλά ως προάγγελος της αλήθειας, επιβεβαιώνει τη θεωρία του και προσπαθεί να αντισταθεί

Τα λόγια του "παρόλα αυτά κινείται" δείχνουν τη σημασία του παρατηρητή

Μόνο οι παρατηρητές με γνώση και φαντασία μπορούν να αλλάξουν τον κόσμο για πάντα.

Η σχετικότητα υπήρχε από την αρχή του ηλιακού μας συστήματος.

Ο Αϊνστάιν έκανε την παρατήρηση και την έθεσε ως νέο στοιχείο της φυσικής.

Η σημασία του παρατηρητή αποδεικνύεται τώρα μέσω της κβαντικής διεμπλοκής

Αλλά η πραγματικότητα είναι συνεχής ασυνέχεια και ακόμη και το σύμπαν δεν είναι μόνιμο.

Δεν ξέρουμε

Είναι ο θάνατος η κατάρρευση των κυματοσυναρτήσεων ενός ανθρώπινου όντος;

Ο σωρός των πρωτονίων, νετρονίων και ηλεκτρονίων χρειάζεται χρόνο για να αποσυντεθεί.

Συνεχίζεται η κβαντική διεμπλοκή των θεμελιωδών σωματιδίων στον τάφο;

Δεν έχουμε απαντήσεις στην κβαντική θεωρία πεδίου ή στην κβαντομηχανική.

Η μόνη ελπίδα είναι να περιμένουμε μέχρι η θεωρία των πάντων να το εξηγήσει.

Ακόμα και τότε κανείς δεν ξέρει αν θα χωρέσει κάτω από τον τάφο.

Στο πέρασμα του χρόνου, νέες θεωρίες και υποθέσεις θα έρχονται και θα φεύγουν.

Η πρόοδος της τεχνολογίας δεν θα γίνει ποτέ αργή.

Με κάθε θεωρία και υπόθεση θα φέρνει πάντα νέα λάμψη.

Ωστόσο, απαντήσεις σε κάποια ερωτήματα, η επιστήμη και η φιλοσοφία μπορεί να λένε, δεν ξέρουμε.

Τι αναδύεται

Συνείδηση, κβαντική διεμπλοκή και παράλληλο σύμπαν αναδύεται

Η μεγάλη έκρηξη ως η αρχή από το τίποτα υποβαθμίζεται σιγά σιγά

Η σκοτεινή ενέργεια, η μαύρη τρύπα και η αντιύλη χωρίς συμπέρασμα που δονείται

Η θεωρία των χορδών και η άκρη του σύμπαντος και το ταξίδι στο χρόνο εξακολουθούν να προβληματίζουν

Η τεχνητή νοημοσύνη και η συνδεσιμότητα του ανθρώπινου εγκεφάλου είναι ενδιαφέρουσα

Το σωματίδιο του Θεού δεν γίνεται παντοδύναμο όπως νομίζουμε

Ανά πάσα στιγμή μπορεί να ξεσπάσει πυρηνικός πόλεμος και να βυθιστεί ο ανθρώπινος πολιτισμός

Με την κβαντική φυσική, η αγάπη, το μίσος, το εγώ και η βιολογική ανάγκη δεν έχουν καμία σχέση

Θα χρειαστούν αρκετές χιλιάδες χρόνια ακόμα για την ισότητα των φύλων και ο ουρανός να γίνει ροζ

Κανείς δεν νοιάζεται για το περιβάλλον, την οικολογία και να δει το κλείσιμο του ματιού τους

Η ανηθικότητα του ανθρώπου μπορεί να αλλάξει εντελώς το οικοσύστημα των ζωντανών όντων

Παρόλα αυτά, η ανθρώπινη ζωή θα συνεχιστεί με την απληστία, τον εγωισμό, τη ζήλια και την αυτοεκτίμηση

Η βαρύτητα, οι πυρηνικές δυνάμεις, ο ηλεκτρομαγνητισμός θα παραμείνουν ως θεμελιώδεις

Για να διατηρηθεί η ανθρώπινη κοινωνία ενωμένη, η αγάπη, το σεξ και ο Θεός θα παραμείνουν καθοριστικά

Η πρόοδος της επιστήμης, της τεχνολογίας για την επίτευξη ενός εξωπλανήτη θα είναι εκθετική.

Αιθέρας

Ο πατέρας μας είπε ότι μελετούσαν τον αιθέρα στο σχολείο και το κολέγιο

Σχετικά με τον αιθέρα είχε πολλές πληροφορίες και βαθιά γνώση

Ο αιθέρας είχε σημαντικό ρόλο στην εξήγηση της διάδοσης του φωτός και των κυμάτων

Ο αιθέρας θεωρήθηκε ότι είναι ασήκωτος και μη ανιχνεύσιμος στη φύση

Αλλά η θεωρία της σχετικότητας και άλλες θεωρίες, καταδίκασαν το μέλλον του.

Η υπόθεση του αιθέρα εξαφανίστηκε από τα σχολικά μας βιβλία.

Στα βιβλία της φυσικής, ο πατέρας μας συνήθιζε να ρίχνει μια εκπληκτική ματιά.

Τώρα έχουμε σκοτεινή ύλη και σκοτεινή ενέργεια, ο αιθέρας είναι παλιά ιστορία.

Μετά από εκατοντάδες χρόνια, η σκοτεινή ενέργεια και η μαύρη τρύπα μπορεί να έχουν την ίδια ιστορία.

Η φυσική εξελίσσεται επίσης, όπως η εξέλιξη της ζωής στον φυσικό κόσμο

Κάποια μέρα, στα δισέγγονά μας, ως ιστορία, θα ειπωθεί η σημερινή φυσική.

Η ανεξαρτησία δεν είναι απόλυτη

Η ανεξαρτησία δεν είναι απόλυτη, είναι σχετική, περιορίζεται από την κοινωνία, το έθνος

Η απόλυτη ανεξαρτησία δεν είναι επιθυμητή και μπορεί να οδηγήσει σε χάος και καταστροφή.

Η ελεύθερη βούληση περιορίζεται επίσης από τις φυσικές δυνάμεις και την κβαντική πιθανότητα

Για να συμβεί μια πράξη με ελεύθερη βούληση, μπορούμε μόνο να ελπίζουμε ότι υπάρχει μια πιθανότητα

Ακόμα και με χαμηλή πιθανότητα, η κυματική εξίσωση μπορεί να καταρρεύσει σε αρνητική τιμή

Αυτό συμβαίνει επειδή, τα πάντα στη φύση δεν είναι με το ίδιο μέτρο σύγκρισης

Οι ελπίδες μας είναι σύνθετα συναισθήματα με συνείδηση και νευρώνες

Οι κυματοσυναρτήσεις μπορεί να καταρρεύσουν λόγω περιβαλλοντικών περιορισμών

Αυτό δεν σημαίνει ότι η ελεύθερη βούλησή μας δεν θα δει ποτέ τα φωτόνια με τη μορφή του φωτός

Μερικές φορές το αποτέλεσμα ή ο καρπός γίνεται πολύ συναρπαστικό και πολύ φωτεινό

Καθώς το αποτέλεσμα ή ο καρπός είναι προϊόν του χρόνου στο πεδίο του μέλλοντος

Ο στόχος και το καθήκον μας είναι η καλύτερη δράση με ελεύθερη βούληση, αφήνοντας τα υπόλοιπα στη φύση.

Αναγκαστική εξέλιξη, τι θα συμβεί;

Η εξέλιξη προχωρά από τους ιούς στην αμοιβάδα στον δεινόσαυρο και σε άλλα είδη

Ο πανίσχυρος δεινόσαυρος εξαφανίστηκε, αλλά πολλά είδη επιβίωσαν και προχώρησαν μπροστά

Μακροπρόθεσμα, δημιουργήθηκε ο homo sapiens και η μητέρα γη πήρε την καλύτερη ανταμοιβή

Αν και υπάρχουν ελλείποντες κρίκοι από τη θάλασσα στην ακτή και πετώντας στον αέρα, από τον πίθηκο στον άνθρωπο

Η εξέλιξη έγινε μέσω της φυσικής επιλογής για επιβίωση, για να παραχθεί ο άνθρωπος στον κήπο της Εδέμ

Όχι, η εξέλιξη ξεκινάει με υψηλότερη τάξη και κινείται προς τα πίσω, ενώ η αταξία αυξάνεται.

Αυτό οφείλεται στο γεγονός ότι η εντροπία του σύμπαντος δεν μειώνεται ποτέ στο πεδίο του χρόνου.

Ο χρόνος μπορεί να είναι ψευδαίσθηση και υπάρχει λεπτή διαφορά μεταξύ παρελθόντος, παρόντος και μέλλοντος.

Αλλά το να κάνεις κάτι καλύτερο και να προχωράς μπροστά είναι εγγενής ιδιότητα και κουλτούρα της φύσης

Στον ανθρώπινο πολιτισμό επίσης η φωτιά και ο τροχός ήρθαν πριν από την ανακάλυψη της γεωργίας

Εδώ και εκατομμύρια χρόνια η γέννηση και ο θάνατος είναι μέρος όλων των ζωντανών όντων, αδύναμων ή ισχυρών

Μόνο μερικά δέντρα, χελώνες και φάλαινες ζούσαν άνετα πολύ καιρό.

Οι επιστήμονες είπαν τώρα ότι η αθανασία θα είναι μόνο για τον homo sapiens και όχι για τους άλλους.

Κανείς δεν ξέρει τι θα συμβεί στο βασίλειο της αθανασίας, στους ζωικούς μας αδελφούς.

Θα θρηνήσουν ποτέ οι αθάνατοι άνθρωποι τις ήδη νεκρές μητέρες και πατέρες τους;

Πέθανε νέος

Εκατόν είκοσι χρόνια που δίνονται στον άνθρωπο από τη φύση είναι το βέλτιστο

Αυτή η μακροζωία προέκυψε μέσα από τη διαδικασία της φυσικής επιλογής.

Η αύξηση της μακροζωίας του ανθρώπου τεχνητά, μπορεί να οδηγήσει σε αραίωση της φυσικής διαδικασίας

Κανείς δεν μπορεί να πει με σιγουριά ότι δεν θα υπάρξει οικολογική καταστροφή.

Επικεντρώνοντας μόνο στον homo sapiens, αγνοώντας τους άλλους, ανόητη φαντασία

Εκατόν είκοσι χρόνια είναι αρκετά για να εξερευνήσουμε τον σημερινό κόσμο.

Σε αυτή την ηλικία, για έναν άνθρωπο που ζει στον πλανήτη γη, τίποτα δεν μένει ανείπωτο.

Θα πετύχει την αποστολή του, τους στόχους του και θα φτάσει στο στάδιο της αυτοπραγμάτωσης.

Για αυτόν αντί να αγοράζει καταναλωτικά προϊόντα, σημαντικός θα είναι ο πνευματισμός

Είμαι ισορροπία σώματος και νου, η αναχώρηση των κοντινών και αγαπημένων θα ωθήσει στον σκεπτικισμό

Ο κόσμος είναι πλέον ένας μικρός τόπος για ταξίδια και τουρισμό για να περάσει ο χρόνος

Όταν ο άνθρωπος αναπτύξει οικισμό έξω από το ηλιακό σύστημα, η μεγαλύτερη ηλικία μπορεί να είναι μια χαρά

Η σχετικότητα κατά τη διάρκεια του ταξιδιού σε εξωπλανήτη μπορεί να τους κρατήσει σωματικά νέους.

Για να εγκατασταθούν σε μια νέα τοποθεσία εκατομμύρια έτη φωτός, το μυαλό θα παραμείνει επίσης ισχυρό

Μέχρι τότε καλύτερα, να αγαπάτε, να χαμογελάτε, να παίζετε, να σώζετε το περιβάλλον και να πεθαίνετε νέοι.

Ντετερμινισμός, τυχαιότητα και ελεύθερη βούληση

Πήρα τη διαδρομή της βολή στο σταυροδρόμι με την ελεύθερη βούληση

Αλλά τα δέντρα έπεσαν πάνω στο αυτοκίνητό μου λόγω της τυχαιότητας της καταιγίδας

Ο χρόνος μου στο κρεβάτι του νοσοκομείου για μια εβδομάδα ήταν προκαθορισμένος;

Είχα την επιλογή να προχωρήσω προς τον προορισμό μου στον αυτοκινητόδρομο

Ποιος και γιατί το ταξίδι μου σταμάτησε χωρίς λόγο στη μέση της διαδρομής;

Στην καθημερινή ζωή μπερδευόμαστε πολλές φορές, γιατί πήρα την απόφαση

Αν είχα πάρει έναν άλλο δρόμο, η ζωή μου θα ήταν σε καλύτερη κατάσταση

Εξαιτίας της τυχαιότητας του μυαλού, ωθήσαμε τον εαυτό μας σε θέση που θα μπορούσαμε να αποφύγουμε

Η ελεύθερη βούληση επίσης, δεν μας δίνει πάντα το καλύτερο διαθέσιμο μονοπάτι χωρίς περισπασμούς

Ακόμα και με την ελεύθερη βούληση, η αρχή της αβεβαιότητας του Χάιζενμπεργκ είναι η μόνη λύση;

Γνώση της φυσικής ή όχι, τα πράγματα συμβαίνουν όπως συμβαίνουν.

Ο καλύτερος οδηγός αυτοκινήτου, μερικές φορές συναντά ένα ασυνήθιστο αυτοκινητιστικό ατύχημα και πεθαίνει

Για να σώσει τη μητέρα και το νεογέννητο, στην καισαρική τομή, ο γυναικολόγος πάντα προσπαθεί

Αλλά τυχαία οι προσπάθειες και οι εμπειρίες τους δεν λειτούργησαν για κάποιον...

Οι λόγοι του θανάτου της υγιούς μητέρας δεν μπορούν να εξηγηθούν από κανέναν.

Προβλήματα

Προβλήματα υπάρχουν παντού, στον εαυτό μας, στην οικογένεια, στον τόπο, στην πόλη, στην πολιτεία, στη χώρα, στον κόσμο και στο σύμπαν.

Μερικές φορές δύο άνθρωποι δεν μπορούν να ζήσουν μαζί, οι διαφορές που δεν μπορούν να επιλύσουν

Μερικές φορές σε μια κοινή οικογένεια με πάρα πολλούς ανθρώπους, τα δύσκολα προβλήματα μπορούν επίσης να λυθούν

Μικρή χώρα με λιγότερο από ένα εκατομμύριο αγωνίζεται χρόνια για το χωρισμό σκοτώνοντας χιλιάδες

Μεγάλη χώρα με δισεκατομμύρια πληθυσμό, επιλύει τις συγκρούσεις και προχωράει, απομακρύνοντας τα εμπόδια

Κάθε μέρα συναντάμε εκατομμύρια ιούς και βακτήρια, όμως ζούμε με αυτό το πρόβλημα

Η καταστροφή της οικολογίας και του περιβάλλοντος βάζει στη ζωή μας, πρόσθετο βάρος

Παρόλα αυτά, υιοθετούμε τις αλλαγές, η παρόρμησή μας για την επίλυση του προβλήματος δεν είναι ξαφνική

Ο μηχανισμός επίλυσης συγκρούσεων στο ανθρώπινο DNA και τον πολιτισμό είναι πολύ σχετικός

Παραδόξως στο θέμα του πολέμου, τα εγώ του ανθρώπινου μυαλού καθιστούν τις συγκρούσεις μόνιμες

Οι οικογένειες έχουν διαλυθεί, η αδελφοσύνη έχει εξατμιστεί, η απληστία έχει εκτοξευθεί στα ύψη

Αλλά ως έθνος, οι άνθρωποι εξακολουθούν να δείχνουν συντροφικότητα και αόρατο δέσιμο

Η κβαντική εμπλοκή μπαίνει στο παιχνίδι κατά τη διάρκεια φυσικών καταστροφών μεταξύ εχθρών

Εχθρικά έθνη σε πολέμους, επιτρέπει να εργαστούν μαζί για την ανθρωπότητα, τους στρατούς που πολεμούν

Η επίλυση των συγκρούσεων είναι εύκολη, υπό την προϋπόθεση ότι οι ηγέτες χρησιμοποιούν τις δικές τους καρδιές, όχι ανδρείκελα.

Η ζωή χρειάζεται μικρά σωματίδια

Η ζωή δεν είναι δυνατή χωρίς φωτόνια σωματιδίων χωρίς βάρος

Η ζωή είναι αδύνατη χωρίς αρνητικά φορτισμένα ηλεκτρόνια

Άνθρακας, υδρογόνο, οξυγόνο και πάρα πολλά στοιχεία απαραίτητα για τη ζωή

Χωρίς την εξέλιξη και τη βιοποικιλότητα, η ανθρώπινη ζωή στη γη δεν μπορεί να αγωνιστεί

Το περιβάλλον, η οικολογία, η βιοποικιλότητα είναι όλα εύθραυστα και σαν κυψέλη

Οι homo sapiens πίστευαν ότι είναι ο βασιλιάς του ηλιακού συστήματος.

Ξεχνάμε ότι όπως και κάθε άλλο ζωντανό ον, η ύπαρξή μας είναι επίσης τυχαία

Πάρα πολλές μεταβλητές μπορούν να εκτροχιάσουν το καρότσι με τα μήλα πριν το καταλάβουμε.

Η ακριβής πρόβλεψη της ορμής και της θέσης είναι αδύνατο να επιτευχθεί

Απροσδόκητα και άγνωστα πράγματα μπορούν να συμβούν χωρίς την ανθρώπινη βούληση

Ακόμα και το παρελθόν και το μέλλον της ζωής μας είναι πέρα από τον έλεγχό μας

Η ζωή στη γη είναι πιο ευμετάβλητη από τη βενζίνη και την περιπολία

Αγάπη, αδελφοσύνη, ευτυχία, χαρά μπορούμε εύκολα να δημιουργήσουμε ή να καταστρέψουμε

Για να κάνουμε τον κόσμο ένα όμορφο και παραδεισένιο μέρος, θα πρέπει να υποστούμε λίγο πόνο

Διαφορετικά, σαν δεινόσαυρος, από αυτόν τον κόσμο, θα αναγκαστούμε να τα μαζέψουμε.

Πόνος και ευχαρίστηση

Η ευχαρίστηση και ο πόνος είναι δύο αναπόσπαστα συστατικά της ζωής

Η σχετικότητα και η εμπλοκή λειτουργούν σε κάθε τομέα της ύπαρξης.

Ο πόνος του σώματος μπορεί να εκφραστεί μέσω της έκφρασης του προσώπου

Επίσης, ο πόνος του νου μπορεί να αντανακλάται στο σώμα ακόμα και αν τον κρύβουμε

Οι σχέσεις του νου και του σώματος είναι τόσο τέλεια μπλεγμένες ώστε η ζωή να μπορεί να ταξιδέψει

Δεν υπάρχει ύπαρξη του νου χωρίς το φυσικό σώμα της ύλης

Αλλά χωρίς το μυαλό, ο σωρός των ατόμων δεν μπορεί να κάνει τίποτα πέρα και καλύτερα

Η εξίσωση της ενέργειας της ύλης είναι πολύ απλή αλλά δύσκολη στην εκτέλεση.

Η σύμπλεξη νου-σώματος μπορεί επίσης να είναι μια διαφορετική μορφή κύματος

Η εκδήλωσή μας μέσω της σύμπλεξης νου-σώματος είναι επίσης τυχαία

Η φύση γνωρίζει τον απλό τρόπο μετατροπής της ύλης σε ενέργεια και αντίστροφα

Αυτός είναι ο λόγος για τον οποίο τα αστέρια, οι γαλαξίες, το σύμπαν και όλοι εμείς υπάρχουμε στον πλανήτη

Οι μηχανισμοί μετατροπής της ύλης σε ενέργεια και αντίστροφα, στα έμβια όντα είναι εγγενείς

Όταν ο ανθρώπινος πολιτισμός γίνει ικανός να ανακαλύψει αυτό το απλό τέχνασμα

Η χλωροφύλλη για τη φωτοσύνθεση θα γίνει μέρος του γενετικού μας τούβλου.

Θεωρία της Φυσικής

Οι φτωχοί και οι πλούσιοι, οι έχοντες και οι μη έχοντες
Οι νόμοι της φυσικής ισχύουν εξίσου για όλους
Για κάθε ζωντανό ον, τα μήλα πάντα θα πέφτουν
Αν και τα μήλα μπορεί να είναι μικρά ή ψηλά...
Η βαρύτητα είναι ίδια για όλα τα παιχνίδια, είτε πρόκειται για κρίκετ είτε για ποδόσφαιρο

Η ομορφιά της φυσικής είναι ότι δεν κάνει ποτέ διακρίσεις.
Όχι όπως ο κανόνας των νόμων, που πάντα προσπαθεί να κάνει διακρίσεις.
Η φύση είναι απλή, έτσι και οι νόμοι της φύσης, η φυσική μόνο εξηγεί
Το πόσο απλά, ο ανθρώπινος εγκέφαλος μπορεί να καταλάβει είναι η κύρια λογική
Για να καταλάβουμε οποιονδήποτε νόμο της φύσης, πρέπει να εκπαιδεύσουμε τον εγκέφαλό μας.

Οι περισσότερες από τις υποθέσεις της φυσικής προέκυψαν πρώτα από υπολογισμούς.
Έτσι ώστε σε κάποια φυσικά φαινόμενα να έχουμε εύκολες εξηγήσεις.
Οι θεωρίες όταν ελέγχονται με πειράματα και αποδεικνύονται λανθασμένες
Απορρίφθηκαν από τον ανθρώπινο πολιτισμό από την αρχή
Οι αληθινές θεωρίες αντέχουν στη δοκιμασία των πειραμάτων και γίνονται ισχυρές.

Ό,τι συνέβη συνέβη

Ανεξάρτητα από την ελεύθερη βούλησή μας, τα πράγματα συμβαίνουν διαφορετικά.

Ό,τι κι αν συνέβη, δεν έχουμε επιλογή να το αντιστρέψουμε.

Πράγματα ή περιστατικά συμβαίνουν, όταν πρέπει να συμβούν.

Δεν έχουμε άλλη επιλογή από το να αποδεχτούμε την πραγματικότητα

Μέχρι τώρα η τεχνολογία δεν μπορεί να μας φέρει πίσω στο παρελθόν

Η φυσική λέει ότι δεν υπάρχει διαφορά μεταξύ παρελθόντος, παρόντος και μέλλοντος.

Και στους τρεις τομείς, ο χρόνος έχει τα ίδια χαρακτηριστικά και την ίδια φύση

Αλλά ο εγκέφαλός μας είναι καλωδιωμένος με την ταχύτητα του φωτός στον ορίζοντα γεγονότων.

Η ψευδαίσθηση που ονομάζεται χρόνος, μπορεί να καθορίσει μόνο τη στιγμιαία μας θέση

Αυτός μπορεί επίσης να είναι ο λόγος, για τον οποίο πολλές θρησκείες πιστεύουν ότι η ζωή είναι ψευδαίσθηση.

Ούτε η κλασική μηχανική ούτε η κβαντική μηχανική έχουν εξηγήσεις.

Γιατί δύο άνθρωποι με τον ίδιο κώδικα DNA έχουν διαφορετικές συναισθηματικές εκφράσεις

Αν ο χρόνος είναι ψευδαίσθηση και ζούμε σε ένα τρισδιάστατο ολόγραμμα

Τότε πώς και ποιος έκανε έναν τόσο μεγάλο προγραμματισμό είναι το ερώτημα

Αλλά η πραγματικότητα είναι ότι, για να αναγκάσουμε την ελεύθερη βούλησή μας να συμβεί, δεν έχουμε καμία λύση.

Γιατί τα συναισθήματα είναι συμμετρικά;

Φτωχοί ή πλούσιοι, επιτυχημένοι ή αποτυχημένοι όλοι είναι σωροί θεμελιωδών σωματιδίων

Τα άτομα στο σώμα του ισχυρού βασιλιά δεν διέφεραν από τους υπηκόους του

Τα συναισθήματα φέρνουν την ίδια χαρά, ευτυχία και δάκρυα ανεξάρτητα από τις φυλές

Όταν ο Ιησούς σταυρώθηκε, ο πόνος του σώματός του δεν διέφερε από τους άλλους

Κανείς δεν ξέρει, στο όνομα της θρησκείας, των εθνών, γιατί σκοτώνουμε τους άλλους

Ακόμα και τα συναισθήματα στα ζώα έχουν το ίδιο μοτίβο και είναι συμμετρικά

Όταν οι άνθρωποι τους σκοτώνουν για ευχαρίστηση, το συναίσθημα του ανθρώπου δεν είναι διανοητικό

Ο άνθρωπος δεν σκέφτηκε ποτέ ότι τα πάντα στο σύμπαν είναι φτιαγμένα από το ίδιο υλικό

Αυτός είναι ο λόγος που η σταύρωση του Ιησού είναι σημαντική, και για τον πολιτισμό όχι περιφερειακή

Για την ύπαρξη της ανθρώπινης ζωής, τα συναισθήματα όπως η αγάπη, το μίσος, ο θυμός πρέπει να είναι λογικά

Όταν ξεχνάμε τη συμμετρία της ζωής και δεν αισθανόμαστε τον πόνο των άλλων

Η θυσία του Ιησού θα είναι μάταιη και η ζωή μας θα είναι παράλογη

Η ηθική, η δεοντολογία, η ανθρωπότητα όλα θα καταρρεύσουν αν τα σωματίδια γίνουν ασύμμετρα

Όλες οι θεωρίες της φυσικής, της φιλοσοφίας και της επιστήμης θα είναι υποθετικές.

Για την ύπαρξη των έμβιων όντων σε αυτόν τον κόσμο, όχι η ομοιότητα, η συμμετρία είναι απαραίτητη.

Στο βαθύ σκοτάδι επίσης προχωράμε

Όταν μπαίνω στο βαθύ σκοτάδι της ζωής

Προσπαθώ να δυναμώσω τη λαβή μου

Ο δρόμος είναι πολύ ολισθηρός για να κινηθώ

Το ραβδί μου είναι πιο σημαντικό από τις προσευχές μου

Ωστόσο, οι προσευχές δείχνουν το μονοπάτι σαν πυγολαμπίδα

Για να προχωρήσω μπροστά, κάθε βράδυ προσπαθώ

Οι νύχτες δεν θα γίνουν ποτέ μέρα

Αυτός είναι ο νόμος της φύσης

Μέσα στο σκοτάδι, πρέπει να προχωρήσω περισσότερο

Ο φόβος του τραυματισμού από την πτώση είναι φυσικός

Το να πηδήξω από τον γκρεμό για να τελειώσω το ταξίδι είναι αφύσικο.

Είμαστε σκλάβοι του γενετικού κώδικα και του ενστίκτου.

Το να προχωρήσουμε και να ζήσουμε ακόμα και στο σκοτάδι είναι βασικό.

Έτσι, προχωράω και προχωράω, δεν ξέρω τον προορισμό μου.

Αλλά το να μένεις στάσιμος στο βαθύ σκοτάδι δεν είναι λύση.

Το παιχνίδι της ύπαρξης

Η δυναμική ισορροπία μεταξύ του παρατηρητή και των θεμελιωδών σωματιδίων είναι σημαντική.

Για τα ζώα κατώτερης τάξης, χωρίς όραση και σεξουαλική αναπαραγωγή, υπάρχει ένα διαφορετικό σύμπαν

Δεν έχουν επίγνωση της ποικιλόμορφης ομορφιάς του όμορφου κόσμου, αν και διαθέτουν αισθητηριακό μηχανισμό

Για τον κόσμο και τους γαλαξίες, τα έμβια όντα κατώτερης τάξης μπορεί να έχουν διαφορετικές παραδοχές

Αλλά είναι επίσης παρατηρητές στο σύμπαν, το πείραμα της διπλής σχισμής το αποδεικνύει αναμφίβολα

Ακόμα και μεταξύ των ανθρώπων με τύφλωση, θα έχουν διαφορετική αντίληψη του κόσμου

Μόνο με τη δική τους φαντασία και την ακρόαση από τους άλλους, το σύμπαν θα ξεδιπλωθεί

Οι κωφοί χωρίς ακουστικό βαρηκοΐας τις παλιές μέρες, μπορεί να πίστευαν ότι ο κόσμος είναι σιωπηλός

Η ιστορία της επίσκεψης έξι τυφλών σε ελέφαντα δεν είναι απλώς μια ιστορία, αλλά πολύ σχετική

Τα πάντα στον ορατό και αόρατο κόσμο συνδέονται περίεργα μέσω της κβαντικής διεμπλοκής

Για μένα το σύμπαν δεν έχει ύπαρξη μόλις πεθάνω, για τους προγόνους μας, ήδη το σύμπαν δεν υπάρχει

Η παρατήρηση είναι επίσης μια αμφίδρομη διαδικασία για την ύπαρξη του χώρου, του χρόνου, της ύλης και της ενέργειας

Χωρίς εμένα, για μένα, το αν το σύμπαν διαστέλλεται ή συστέλλεται δεν αποτελεί καν επακόλουθο

Όσο μικρός κι αν είμαι, το σύμπαν μπορεί επίσης να με παρατηρεί όσο υπάρχω στο πεδίο του.

Μετά την αναχώρησή μου, το αν το σύμπαν υπάρχει για μένα ή εγώ για το σύμπαν, είναι το ίδιο.

Φυσική Επιλογή και Εξέλιξη

Η φυσική επιλογή και η εξέλιξη είναι πάντα για τη βελτιστοποίηση και την επίτευξη του καλύτερου

Αλλά μετά την εξέλιξη του homo sapiens, φαίνεται ότι η φύση ξεκουράζεται.

Η τεχνολογία για την καταστροφή και την κατασκευή σχεδιάστηκε και αναπτύχθηκε από τους ανθρώπους

Έχουμε πλέον γενετικά κατασκευασμένα τρόφιμα για να εξαλείψουμε την πείνα, αλλά η γρίπη των πτηνών μας ανάγκασε να σφάξουμε την κότα μας

Η πυρηνική τεχνολογία είναι για την παροχή ενέργειας αλλά και για την καταστροφή του κόσμου

Κανείς δεν μπορεί να εγγυηθεί ότι μια μέρα το πυρηνικό κουμπί δεν θα ανοίξει.

Η φύση θα μπορούσε εύκολα να κάνει το ανθρώπινο κεφάλι συμμετρικό, με τέσσερα μάτια και τέσσερα χέρια

Τότε το πισώπλατο μαχαίρωμα του Βρούτου, για πάντα από τον ανθρώπινο πολιτισμό, θα είχε εξαφανιστεί.

Ίσως ένα κεφάλι με δύο μάτια και δύο χέρια να είναι το υψηλότερο βέλτιστο επίπεδο της φύσης.

Η περαιτέρω ανάπτυξη της φυσιολογικής δομής του ανθρώπου δεν υποστηρίζεται από τη φύση.

Το αν οι γενετικοί μηχανικοί και η τεχνητή νοημοσύνη θα πρέπει να το κάνουν ή όχι είναι πλέον ηθικό ζήτημα.

Αλλά αν κρατήσουμε τη γάτα του Σρέντινγκερ στο κουτί, πώς η ανθρωπότητα θα βρει μια λογική λύση;

Φυσική και κώδικας DNA

Πώς η φυσική και η κβαντομηχανική θα εξηγήσουν την ηθική και τη δεοντολογία

Αυτά είναι σημαντικά για την ανθρώπινη ζωή και η έκφραση των συναισθημάτων είναι βασικά στοιχεία

Χωρίς ηθική, δεοντολογία, ειλικρίνεια, αδελφοσύνη ο πολιτισμός δεν είναι εφικτός

Η ανθρώπινη ζωή σε μια τυχαία κβαντική τροχιά θα είναι καταστροφική και τρομερή

Η δύναμη θα έχει δίκιο, και το να σταματήσει η δολοφονία ανθρώπων, απλά και μόνο με νόμο, θα είναι αδύνατο

Η ανθρώπινη ζωή είναι πιο πολύπλοκη από ό,τι μπορούμε να υποθέσουμε και να εξηγήσουμε μέσω της βιολογίας

Δεν υπάρχει ιστορία σε καμία γραφή, πώς γίναμε άνθρωποι από μαϊμού, με χρονολογία

Ακόμα, είμαστε στο σκοτάδι για να εφεύρουμε προληπτικά και θεραπευτικά φάρμακα για τον καρκίνο

Μπορεί η γενετική και η τεχνητή νοημοσύνη να εξαλείψουν όλες τις ασθένειες από τον κόσμο για πάντα;

Καθώς προχωράμε προς την αλήθεια της πραγματικότητας όλο και περισσότερο, περισσότερα ερωτήματα παρά απαντήσεις

Η αβεβαιότητα της ζωής έχει γράψει, κώδικα φόβου και δεισιδαιμονίας στο DNA μας

Ο λόγος της γέννησης και του θανάτου, στις επιστημονικές θεωρίες, δεν υπάρχει αποδεδειγμένη λύση

Προς την υπερφυσική δύναμη, η αρχή της αβεβαιότητας μάλλον ενισχύει την πεποίθηση

Δεν υπάρχει εναλλακτική λύση για να κουβαλάμε τις πεποιθήσεις μας μαζί με τις θεωρίες της φυσικής

Χωρίς την αποδεδειγμένη εξίσωση του Θεού για την αλλαγή του κώδικα του DNA, η θρησκεία θα συνεχίσει να ανθεί.

Τι είναι η πραγματικότητα;

Είναι η πραγματικότητα μόνο υλικός κόσμος, που μπορούμε να δούμε και να αισθανθούμε με τα όργανά μας;

Ή είναι απλώς μια ψευδαίσθηση (Μάγια), όπως εξηγείται από τις θρησκείες.

Είναι η κβαντική φυσική και τα θεμελιώδη σωματίδια οι πραγματικοί παίκτες στη θέση τους;

Τότε τι γίνεται με τη συνείδησή μας και άλλα ανθρώπινα συναισθήματα

Τώρα, η φυσική λέει επίσης ότι στο κβαντικό σύμπαν, είμαστε μόνο τοπικά πραγματικοί,

Ο σκοπός της ζωής, η συνείδηση, η ψυχή και ο Θεός εξακολουθούν να είναι πέρα από το πεδίο της φυσικής

Η εμπειρία μας και οι διδασκαλίες του πολιτισμού, αναπτύσσουν πάντα την ηθική μας

Η πραγματικότητα είναι δυναμική και διαφορετική για ένα παιδί, έναν νέο και έναν ετοιμοθάνατο άνθρωπο

Ωστόσο, η αγάπη, το μίσος, η ζήλια, το εγώ και άλλα συναισθήματα είναι γενετικός κώδικας

Όλες αυτές οι ιδιότητες και τα ένστικτα, οι διδασκαλίες και η εμπειρία επίσης δεν μπορούν να διαβρωθούν

Η πραγματικότητα έρχεται επίσης σε πακέτα όπως τα διακριτά κβαντικά σωματίδια

Χωρίς συνείδηση, ασυνέχεια, η ζωή στον κόσμο δεν είναι εφικτή

Αν η πραγματικότητα είναι ψευδαίσθηση, μήπως ζούμε σε έναν κόσμο ολογράμματος που δημιουργήθηκε από κάποιον

Η επιστήμη λέει επίσης τώρα, ότι αυτή η έννοια της πραγματικότητας δεν είναι πλήρης παραλογισμός

Μέχρι να επιβεβαιώσουμε για το παράλληλο σύμπαν, ας ζήσουμε εδώ με αγάπη, αδελφοσύνη και ενσυναίσθηση.

Αντίθετες δυνάμεις

Είναι ο σκοπός της ανθρώπινης ζωής να είσαι ευτυχισμένος κάθε μέρα;

Ή μόνο για την άνεση και τη μείωση του πόνου πρέπει να προσπαθούμε

Η μακροβιότητα και η συσσώρευση πλούτου εξυπηρετούν κάθε σκοπό;

Ή μήπως η αναζήτηση της ομορφιάς και της αλήθειας είναι κάτι που πρέπει να προτείνει κάθε άνθρωπος;

Κανένα από όλα αυτά τα πράγματα τα ανθρώπινα όντα δεν μπορούν να αντιταχθούν.

Ακόμα και αν απαρνηθούμε την υλική ζωή και γίνουμε μοναχοί

Ο πόνος, οι ασθένειες και τα βάσανα μπορεί να έρθουν και να μας αναγκάσουν να κορνάρουμε

Ο μοναχός και οι φωτισμένοι κήρυκες έχουν επίσης πείνα

Οι άνθρωποι επιστρέφουν και πάλι στην κανονική ζωή, λέγοντας ότι η αποκήρυξη ήταν γκάφα

Δεν υπάρχει βροχή στη γη χωρίς σύννεφα και βροντές.

Ένα από τα βασικά ένστικτα της φύσης είναι να διευκολύνει την ποικιλομορφία.

Χωρίς ποικιλομορφία, τα ανθρώπινα όντα επίσης δεν μπορούν να περιμένουν ευημερία

Με το πρωτόνιο και το νετρόνιο, τα ηλεκτρόνια πρέπει επίσης να είναι αλληλέγγυα.

Όλα τα ανθρώπινα συναισθήματα δεν μπορούν επίσης να υπάρξουν χωρίς συμμετρία

Η ζωή στο ανθρώπινο σώμα είναι μυστηριώδης και συμπληρωματική.

Μέτρηση του χρόνου

Ο χρόνος είναι μια ψευδαίσθηση μόνο, και γι' αυτό καλείται χωροχρονικός τομέας, για να το γνωρίσουμε αυτό είναι σημαντικό.

Η ύπαρξη της παρούσας στιγμής είναι πολύ ονομαστική, εξαρτάται από τη μέτρηση.

Η μέτρηση μπορεί να είναι δευτερόλεπτο, μικροδευτερόλεπτο, νανοδευτερόλεπτο ή και περισσότερο.

Το παρελθόν, το παρόν και το μέλλον επικαλύπτονται για να κατανοηθούν από τον σημερινό ανθρώπινο εγκέφαλο.

Στη φυσική, δεν υπάρχει διαφορά μεταξύ παρελθόντος παρόντος και μέλλοντος και η ταχύτητα είναι σημαντική

Ο χρόνος μπορεί να είναι μια ιδιότητα της φύσης για τη θερμοδυναμική ισορροπία μέσω της εντροπίας

Η μια διαδικασία για την εκδήλωση της αποσύνθεσης και του θανάτου μέσω της κατάρρευσης της κυματοσυνάρτησης

Δεν υπήρχε χρόνος για το ηλιακό σύστημα, πριν οι πλανήτες αρχίσουν να περιστρέφονται γύρω από τον ήλιο

Ούτε ύλη, ούτε ενέργεια, ούτε θεμελιώδη σωματίδια, ούτε κύματα, και όμως ο χρόνος είναι η πραγματική διασκέδαση

Όπως τα συναισθήματα και τα βασικά ένστικτα των έμβιων όντων, ο χρόνος είναι απατηλός, όμως φαίνεται ότι ο χρόνος πάντα τρέχει

Ο χώρος, ο χρόνος, η βαρύτητα, οι πυρηνικές δυνάμεις και ο ηλεκτρομαγνητισμός αναμειγνύονται τόσο τέλεια

Ο διαχωρισμός του χρόνου στο φυσικό πεδίο από άλλες φυσικές ιδιότητες είναι αδύνατος

Το σημερινό σύστημα μέτρησης του χρόνου είναι μόνο ένα ανθρωπογενές χρονοδιάγραμμα

Ακόμα και η σχετικότητα θα είναι σχετικότητα σε παράλληλα σύμπαντα αν υπάρχει πραγματικά φυσικά

Η κατανόηση του εγκεφάλου και η μέτρηση του χρόνου μπορεί να είναι εντελώς διαφορετικές.

Μην αντιγράφετε, υποβάλετε τη δική σας διατριβή

Το γρήγορο, το παρόν και το μέλλον είναι όλα ενωμένα τη στιγμή της γέννησης, όπως ένα άτομο.

Μετά τη γέννηση, η ζωή γίνεται αμέσως τυχαία σαν ένα ασταθές ηλεκτρόνιο που βρίσκεται σε τροχιά

Καθώς η ζωή προχωράει, γίνεται σαν φούσκα ουράνιου τόξου που εκπέμπει διαφορετικά χρώματα

Επίσης, κινείται αργά προς την κοιλάδα του θανάτου, όπως ένας ηττημένος αιχμάλωτος πολέμου

Και πάλι, το παρελθόν, το παρόν και το μέλλον ενοποιούνται και η ζωή φτάνει στο τέλος της σαν πρωτοπόρος

Ο παρατηρητής πρέπει να υπάρχει για να παρατηρεί τον κόσμο, καθώς μετά το θάνατο δεν υπάρχει νόημα ύλης-ενέργειας, χωροχρόνου.

Το να κάνεις τη ζωή ζωντανή και σημαντική από ενοποιημένη στιγμή σε ενοποιημένη στιγμή είναι πρωταρχικό

Τα πάντα είναι άυλα και χωρίς σημασία, όταν ο παρατηρητής αναχωρήσει.

Ο πόνος, οι απολαύσεις, το εγώ, η ευτυχία, τα χρήματα, ο πλούτος, όλα θα εξαφανιστούν και θα διαλυθούν

Σημείο προς σημείο είναι σημαντικό, από τη ζωή, την αγάπη, την ευτυχία, τη χαρά και την ευθυμία δεν διαχωρίζονται

Αν η ζωή είναι μόνο δόνηση, όπως εξηγείται από τη θεωρία του τσιμπήματος, κάποιος μπορεί να παίζει κιθάρα

Την ίδια μελωδία σίγουρα, ο αιώνιος μουσικός δεν θα παίζει για μας για πάντα

Χορέψτε στη μελωδία όσο πιο τέλεια μπορείτε και απολαύστε όσο υπάρχετε

Η φυσική ροή των γεγονότων κανένας χορευτής δεν μπορεί να αποφύγει ή το αποτέλεσμά της μπορούμε να αντισταθούμε

Ακολουθήστε το δικό σας ikigai και απολαύστε τη μελωδία, και τέλος καταθέστε την υπέροχη διατριβή σας.

Ο σκοπός της ζωής δεν είναι μονολιθικός

Στην τυχαιότητα και την άσκοπη ύπαρξη των θεμελιωδών σωματιδίων

Δεν είναι πολύ εύκολο ή απλό να ανακαλύψει κανείς τον σκοπό της ζωής και της εμπειρίας του

Κάθε στιγμή που προσπαθούμε να προχωρήσουμε μπροστά, υπάρχει εσωτερική και εξωτερική αντίσταση

Ο νους θα κινείται τυχαία όπως ένα ηλεκτρόνιο, η βαρύτητα θα έλκει σε κάθε κίνηση

Για να ικανοποιήσουμε τις βιολογικές ανάγκες, θα είμαστε απασχολημένοι με την απόκτηση τροφής, ρούχων και στέγης

Είναι καλό που οι πρόγονοί μας εφηύραν τη φωτιά, τον τροχό, τη γεωργία χωρίς να διατηρούν πνευματικά δικαιώματα

Διαφορετικά, η πρόοδος, ο πολιτισμός δεν θα ήταν ποικιλόμορφος και πολύχρωμος, αλλά στεγανός

Ακόμη και κατά τη διάρκεια των παλαιών πολιτισμών, κάποιοι άνθρωποι ανησυχούσαν για τον σκοπό της ζωής πέρα από τις φυσικές ανάγκες

Έτσι, για την κοινωνία και την ανθρωπότητα, διατύπωσαν υποθέσεις, φιλοσοφίες για την εξισορρόπηση της ανθρώπινης απληστίας

Αλλά μέχρι τώρα, εκτός από τη ζωή, η επιστήμη και η φιλοσοφία απέτυχαν να εντοπίσουν, ποιος είναι ο σκοπός της ανθρώπινης φυλής

Για πολλούς από εμάς, ο σκοπός της ζωής είναι να αναζητήσουμε την ομορφιά και την αλήθεια για να βρούμε τον δικό μας σκοπό

Η ύπαρξή μας μπορεί να είναι ψευδαίσθηση χωρίς λόγο, αλλά η δική μας ιστορία, όμορφα μπορούμε να συνθέσουμε

Στο τέλος, είτε μπορέσουμε να βρούμε το σκοπό μας είτε όχι, πρέπει να υπακούσουμε στο νόμο του θανάτου.

Καλύτερα να είστε ευτυχισμένοι και να απολαμβάνετε τη ζωή με αγάπη, φιλανθρωπία και να ταξιδεύετε στον κόσμο με τη δική σας πίστη

Κανένας άνθρωπος δεν είναι νησί, η ανθρώπινη ζωή εξελίσσεται μέσα από συνεχή εξέλιξη, ο σκοπός δεν είναι μονολιθικός.

Έχουν τα δέντρα έναν σκοπό;

Είναι ένα αυτόνομο δέντρο, εγγενώς με χαμηλότερη συνείδηση έχει κάποιο σκοπό;

Ούτε μπορεί να κινηθεί, ούτε μπορεί να μιλήσει, δεν έχει συναισθήματα όπως αγάπη, εγωισμό ή μίσος.

Το μόνο που χρειάζεται είναι τροφή για να ζήσει, και αυτή είναι η πρώτη ύλη, ο αέρας, το νερό και το φως του ήλιου που παίρνει δωρεάν.

Ετοιμάζει τη δική του τροφή μέσω της χλωροφύλλης μέσω της φωτοσύνθεσης και στέκεται ως δέντρο.

Δεν έχει εγωισμό, εκτός από το ένστικτο να ζήσει και να αναπαράγει απογόνους για το μέλλον.

Αλλά στο οικοσύστημα, τα δέντρα στο σύνολό τους έχουν πολύ μεγαλύτερο σκοπό για τα άλλα ζώα.

Τα πουλιά και ακόμη και τα έντομα μπορεί να έχουν υψηλότερη συνείδηση από τα δέντρα.

Ωστόσο, χωρίς τα δέντρα, τα πουλιά δεν έχουν τροφή ή καταφύγιο ή το τόσο απαραίτητο οξυγόνο για να αναπνεύσουν.

Το ζώο ανώτερης τάξης, ο ελέφαντας, με μια μεγάλη συνάθροιση ατόμων δεν μπορεί να επιβιώσει χωρίς ζούγκλες

Στο σύνολό τους, για να ζουν μαζί, γύρω από τα δέντρα, για την επιβίωση επιτρέπουν άλλες δομές ζωντανών όντων

Εμείς οι homo sapiens, με το υψηλότερο επίπεδο συνείδησης εξαρτόμαστε εξίσου από τα δέντρα

Αλλά η συνείδησή μας μας επιτρέπει να κόβουμε τα δέντρα ελεύθερα, όντας το ανώτερο ζώο.

Με τη νοημοσύνη και την τεχνολογία, είμαστε ικανοί να δημιουργήσουμε τα δικά μας οικοσυστήματα.

Ζούγκλες από σκυρόδεμα με οξυγόνο, πάντα προτιμώμενα και καλύτερα καταφύγια.

Στην εξέλιξη, τα δέντρα ήρθαν πριν από εμάς, και αν έχουμε σκοπό, σε αυτό το θέμα τα δέντρα δεν είναι ξένοι.

Το παλιό θα παραμείνει χρυσό

Η φωτιά, ο τροχός και ο ηλεκτρισμός, οι ανακαλύψεις που άλλαξαν τον ανθρώπινο πολιτισμό, εξακολουθούν να είναι οι πιο σημαντικές

Για την καλύτερη ποιότητα ζωής και την πρόοδο της επιστήμης, της τεχνολογίας και του πολιτισμού, είναι παντοδύναμες

Για τον σύγχρονο πολιτισμό, εξακολουθούν να είναι όπως το οξυγόνο και το νερό, χωρίς τα οποία δεν μπορεί να υπάρξει ζωή

Η τριάδα του σύγχρονου πολιτισμού, ανεξαρτήτως των νέων τεχνολογιών, θα επιμένει πάντα

Χωρίς ηλεκτρισμό, η σύγχρονη ανάγκη, ο υπολογιστής και το smartphone θα χαθούν επίσης

Ο πολιτισμός ακολουθεί επίσης το μονοπάτι της εξέλιξης, το πιο σημαντικό ανακαλύφθηκε πρώτο

Αλλά η σημασία τους γίνεται αόρατη όπως ο αέρας για τα ανθρώπινα όντα, αν και δεν μπορούν να σκουριάσουν

Αισθανόμαστε τη σημασία της φωτιάς, όταν η φιάλη μαγειρικού αερίου είναι άδεια και δεν υπάρχει φωτιά

Όταν ο τροχός του αεροπλάνου δεν βγαίνει κατά την προσγείωση, η ένταση που νιώθουμε είναι σπάνια

Χωρίς ηλεκτρικό ρεύμα, όλος ο κόσμος θα σταματήσει, χωρίς καμία επικοινωνία για να μοιραστείτε

Το παλιό είναι χρυσός, ισχύει για πολλές ακόμα ανακαλύψεις και εφευρέσεις, που δεν είναι σημαντικές για το μυαλό μας τώρα

Αλλά, σκεφτείτε τα αντιβιοτικά, και την αναισθησία, χωρίς τα οποία, η υγεία των σημερινών ημερών μας θα μπορούσε να γίνει πώς

Ο υπολογιστής και τα smartphones βρίσκονται τώρα στο απόγειο της δημοτικότητας και της αντιληπτής ανικανότητας

Αλλά δεν είναι η απόλυτη και καλύτερη λύση για τον πολιτισμό και την ανθρωπότητα

Κάτι νέα και μοναδικά gadgets και τεχνολογία, αργά ή γρήγορα, θα βρουν οι επιστήμονες.

Πρόκληση για το μέλλον

Η ιστορία του πολιτισμού είναι γεμάτη από πολέμους, καταστροφές και δολοφονίες ανθρώπων.

Αλλά ξεπερνώντας όλες τις ανθρωπογενείς καταστάσεις, ο πολιτισμός δεν έχει σταματήσει

Οι φυσικές καταστροφές κατέστρεψαν πολλούς ακμάζοντες πολιτισμούς στο παρελθόν

Ωστόσο, η ορμή της προόδου και της αναζήτησης καλύτερης ποιότητας ζωής συνεχίζεται και συνεχίζεται

Υπήρξαν κακοί βασιλιάδες, που έσφαξαν εκατομμύρια, αλλά και σοφοί όπως ο βασιλιάς Σολομώντας

Όλες οι ανακαλύψεις και οι εφευρέσεις γίνονται από ανθρώπους που σκέφτονται έξω από το μαύρο κουτί

Μια μέρα ο άνθρωπος έγινε ικανός να εξαλείψει πολλές φονικές ασθένειες όπως η ευλογιά.

Η επιστήμη της σύγχρονης φυσικής ξεκίνησε με τη φαντασία του Γαλιλαίου και του Νεύτωνα

Η φαντασία είναι σημαντικότερη από τη γνώση, είπε ο Αϊνστάιν στην ανθρωπότητα, είναι σχετική

Για τη μελέτη του σύμπαντος, με τη φαντασία, οι επιστήμονες δείχνουν τη δέσμευσή τους

Ολόκληρος ο νέος κόσμος της κβαντικής φυσικής βγήκε σαν ένα όμορφο ποίημα που εξηγεί την πραγματικότητα

Η κβαντομηχανική άνοιξε επίσης στον ανθρώπινο πολιτισμό, αμέτρητες δυνατότητες

Ωστόσο, έχουμε περισσότερα ερωτήματα παρά απαντήσεις σχετικά με το χρόνο, το χώρο και τη βαρύτητα.

Νέοι άνθρωποι φαντάζονται νέες υποθέσεις, θεωρίες και εκτελούν νέα πειράματα για να γνωρίσουν τη φύση

Ταυτόχρονα, η εξισορρόπηση της οικολογίας, του περιβάλλοντος και της βιοποικιλότητας αποτελεί μεγάλη πρόκληση για το μέλλον.

Ομορφιά και Σχετικότητα

Ο κόσμος είναι πανέμορφος με ωκεανούς, βουνά, ποτάμια, καταρράκτες και πολλά άλλα.

Τα δέντρα, τα πουλιά, οι πεταλούδες, τα λουλούδια, το γατάκι, τα κουτάβια, το ουράνιο τόξο είναι στο μαγαζί της φύσης

Αλλά η ομορφιά δεν είναι απόλυτη και εξαρτάται από τον παρατηρητή που παρατηρεί τη φύση

Τα συναισθήματα της ομορφιάς έχουν αλλάξει από γενιά σε γενιά και από πολιτισμό σε πολιτισμό

Και αυτός είναι ο λόγος για τον οποίο η ομορφιά είναι σχετική, και το πιο σημαντικό είναι ότι πρέπει να υπάρχει ένας παρατηρητής

Χωρίς παρατηρητή με συνείδηση και μάτι για να βλέπει και εγκέφαλο για να αισθάνεται, η ομορφιά δεν έχει καμία σημασία

Για τον άνθρωπο επίσης, η ανεξερεύνητη και αθέατη ομορφιά κάτω από τους ωκεανούς δεν έχει καμία σημασία

Η απόλαυση της ομορφιάς της φύσης είναι ατομική επιλογή, και ακόμη και μια γυναίκα μπορεί να είναι πιο όμορφη για κάποιον

Αυτό δεν σημαίνει ότι οι άνδρες homo sapiens δεν είναι καθόλου όμορφοι

Ο ορισμός της ομορφιάς για τα αρσενικά και τα θηλυκά είναι διαφορετικής κβάντας.

Δυναμική ισορροπία

Χρειάστηκαν εκατομμύρια χρόνια για να φτάσει η μητέρα γη σε δυναμική ισορροπία.

Από την αρχή της γης και της εξέλιξης, η φύση κινήθηκε σαν εκκρεμές

Όταν το παγκόσμιο κλίμα έφτασε σε κατάσταση δυναμικής ισορροπίας και κινήθηκε προς τα εμπρός

Η διαδικασία της εξέλιξης δημιούργησε ευφυή ζώα που ονομάζονται άνθρωποι

Ο άνθρωπος ξεκίνησε τη δική του αντίληψη για την πρόοδο και την ευημερία

Το φυσικό τοπίο, το περιβάλλον, το έκαναν κατά τύχη βρώμικο.

Οι λόφοι μετατράπηκαν σε πεδιάδες, οι υδάτινοι όγκοι έγιναν κατοικίες.

Τα δάση μετατράπηκαν σε ερήμους κόβοντας δέντρα και φυτά.

Τα ποτάμια μπλοκαρίστηκαν για να γίνουν μεγάλες λίμνες βυθίζοντας τη βλάστηση.

Η δυναμική ισορροπία του κύκλου του νερού αρχίζει να υποβαθμίζεται.

Η υπερθέρμανση του πλανήτη ωθεί τώρα το κλίμα σε ασταθείς μεταβολές.

Η ρύπανση που προκαλείται από τον ίδιο τον άνθρωπο δεν είναι πλέον ανεκτή.

Οι πλημμύρες, το λιώσιμο των παγετώνων, οι ψυχρές καταιγίδες δημιουργούν πλέον χάος

Για την αποκατάσταση της δυναμικής ισορροπίας, η νέα τεχνολογία homo sapiens πρέπει να ξεκλειδώσει.

Κανείς δεν μπορεί να με σταματήσει

Κανείς δεν μπορεί να με σταματήσει, κανείς δεν μπορεί να με αποσπάσει
Το πνεύμα μου είναι αδάμαστο, η στάση μου είναι θετική
Ούτε ο ουρανός ούτε ο ορίζοντας είναι περιοριστικός παράγοντας
Εγώ ο ίδιος είμαι ο ηθοποιός της ταινίας μου και επίσης ο σκηνοθέτης
Τα εμπόδια έρχονται και φεύγουν όπως η μέρα και η νύχτα
Αλλά ποτέ δεν αποδέχτηκα την ήττα σε καμία μάχη της ζωής
Μερικές φορές, στο ρινγκ, η θέση μου ήταν δύσκολη
Ωστόσο, αναπήδησα με όλη μου τη δύναμη και τη δύναμη
Οι άνθρωποι που κάποτε με κορόιδευαν ως τρελό και τρελό
Προσπαθώντας να κερδίσω το καθημερινό ψωμί και το βούτυρο ακόμα και τώρα απασχολημένος
Αν άκουγα τις παρατηρήσεις τους και δεχόμουν την ήττα...
Σήμερα, πέφτοντας στη λάσπη, θα έλεγα ότι είναι η μοίρα μου.

Ποτέ δεν προσπάθησα την τελειότητα, αλλά προσπάθησα να βελτιωθώ

Ποτέ δεν προσπάθησα να είμαι τέλειος σε οποιοδήποτε θέμα ή στη δημιουργία μου.

Η τελειότητα δεν είναι ένας προορισμός αλλά μια συνεχής διαδικασία

Κανείς δεν είναι ικανός να φτιάξει ένα τριαντάφυλλο καλύτερο από το φυσικό.

Η φύση βρίσκεται επίσης στο ταξίδι προς την τελειότητα μέσω της εξέλιξης

Ακόμη και μετά από δισεκατομμύρια χρόνια η φύση εξακολουθεί να κινείται προς το καλύτερο,

Όταν επικεντρωνόμαστε μόνο στην τελειότητα, η κίνησή μας επιβραδύνεται

Επικεντρωνόμαστε μόνο στο κόσμημα που έχουμε στα χέρια μας και το γυαλίζουμε σε ένα τέλειο στέμμα.

Χάσαμε πολλά πράγματα στη ζωή, αλλά και το ποικιλόμορφο δάσος κατά τη διάρκεια του ταξιδιού

Η αναζήτηση της τελειότητας κάνει την όρασή μας στενή και τη ζωή μας περιορισμένη σε σχέση με το τουρνουά

Εξάσκηση για να κάνουμε κάτι καλύτερο, θα μας οδηγήσει προς την τελειότητα χωρίς περιορισμούς,

Κάνετε συγκριτική αξιολόγηση για το καλύτερο από το καλύτερο, όχι ως απόλυτο

Η αλλαγή συμβαίνει κάθε στιγμή χωρίς καμία ένδειξη ή ωδή

Ο νόμος και η παρόρμηση της φύσης είναι να αλλάζει και να κάνει το αύριο καλύτερο

Αν επιτύχουμε την τελειότητα, το ταξίδι μας για την αναζήτηση της αλήθειας και της ομορφιάς θα τελειώσει

Η ζωή δεν θα έχει νόημα, έτσι και το σύμπαν θα είναι διαφορετικού είδους

Ο δάσκαλος

Η εμπλοκή του δασκάλου και του μαθητή είναι σαν κβαντική εμπλοκή

Η σχέση ενός μαθητή με έναν καλό δάσκαλο είναι μόνιμη

Ο σεβασμός προέρχεται από την προσωπικότητα και την ποιότητα της διδασκαλίας του δασκάλου

Αυτά που μαθαίνουμε από έναν καλό δάσκαλο, παραμένουν στο μυαλό και την καρδιά μας για πάντα

Την ημέρα του δασκάλου θυμόμαστε όλους τους αγαπημένους και υπέροχους δασκάλους μας

Ο σεβασμός για τον δάσκαλο δεν μπορεί να επιβληθεί ή να εξαναγκαστεί σε έναν μαθητή

Ο χαρακτήρας, η συμπεριφορά και η ποιότητα της διδασκαλίας είναι πιο σημαντικά

Όταν ένας δάσκαλος γίνεται φίλος σε ανάγκη συναισθηματικού και προσωπικού προβλήματος

Για τον μαθητή, για όλη του τη ζωή, ο δάσκαλος παραμένει ένα έμβλημα

Η αγάπη και ο σεβασμός είναι μια αμφίδρομη διαδικασία, πρέπει να υπάρχει σε κάθε δάσκαλο.

Ψευδής τελειότητα

Η τελειότητα είναι ένα δύσκολο κυνήγι, απατηλό και οφθαλμαπάτη

Μην κυνηγάτε την πεταλούδα και μην καταστρέφετε τα φτερά της

Το να κάνεις το σήμερα καλύτερα από το χθες είναι η εύκολη προσέγγιση

Θα φτάσετε στο επιθυμητό επίπεδο τελειότητας στην κατάλληλη στιγμή

Η εξάσκηση οδηγεί στην τελειότητα, σπιθαμή προς σπιθαμή

Είναι επίσης σημαντικό να παίζεις με την οικογένεια στην παραλία.

Αυτό θα απομακρύνει τις αράχνες σας και θα σας βοηθήσει να εξασκηθείτε περισσότερο

Μια μέρα, βρίσκετε όμορφες πεταλούδες να πετούν στην αμμώδη ακτή

Η δημιουργία νέων πραγμάτων με τελειότητα θα είναι ο πυρήνας σας

Οι άνθρωποι θα εκτιμήσουν τα αποτελέσματά σας, θα σταθούν στην πόρτα σας.

Μείνετε στις βασικές σας αξίες

Τηρώ πάντα τις αρχές και τις βασικές μου αξίες

Έτσι, δεν μετανιώνω για όσα έχασα ή κέρδισα

Αλήθεια και ειλικρίνεια, ακόμα και στη χειρότερη κατάσταση, δεν εγκατέλειψα ποτέ

Για τη δέσμευση, προτίμησα να χρεοκοπήσω

παρά να εξαπατήσω τους άλλους με δόλια μέσα

Οι οικονομικές μου απώλειες αποδεικνύονται τώρα ως το μακροπρόθεσμο κέρδος μου

Η αλήθεια, η ειλικρίνεια και η δέσμευση παρείχαν ομπρέλα κατά τη διάρκεια της βροχής

Οι άνθρωποι εκμεταλλεύτηκαν την μαλθακότητά μου χωρίς να με γνωρίζουν

Αλλά μακροπρόθεσμα, στάθηκα σταθερός, η επιμονή μου είναι το κλειδί

Οι άνθρωποι ήρθαν και έφυγαν, όταν οι αξίες μου δεν τους υποστήριζαν

Με επιμονή και χαμόγελα, συνεχίζω το βασίλειό μου

Με άδειο στομάχι, όταν κοιμήθηκα κάτω από τον ουρανό χωρίς να κατηγορώ τους άλλους

Κάποια αόρατη δύναμη στέκεται πάντα πίσω μου σαν τον πατέρα μου

Ειλικρίνεια, ακεραιότητα, ειλικρίνεια δεν είναι επιστήμη πυραύλων

Πρέπει να τα εμπλέξουμε ως συνείδηση και συνείδηση.

Αξίες που κανείς δεν μπορεί να μετρήσει, με όρους χρημάτων ή πλούτου

Όλες αυτές οι αξίες θα ζήσουν μαζί μου και θα με ακολουθήσουν και στο θάνατο.

Εφεύρεση του θανάτου

Είναι η εφεύρεση ή η ανακάλυψη του θανάτου η πρώτη ανακάλυψη του homo sapiens;

Ο θάνατος έχει μεγαλύτερη σημασία για την πρόοδο του πολιτισμού από τη φωτιά και τον τροχό

Ο περιορισμός του χρόνου ενθάρρυνε τους ανθρώπους να προσπαθήσουν για την αθανασία

Τελικά, οι άνθρωποι συνειδητοποίησαν ότι όλες οι προσπάθειες να γίνουν αθάνατοι είναι μάταιες

Ο πολιτισμός προχώρησε ολοένα και περισσότερο συνειδητοποιώντας ότι ο θάνατος είναι η απόλυτη πραγματικότητα,

Ο Βούδας, ο Ιησούς και όλοι οι κήρυκες της αλήθειας πέθαναν όπως όλοι οι άλλοι

Δίδαξαν επίσης ότι όλα στον κόσμο είναι εξωπραγματικά εκτός από τον θάνατο

Η ειρήνη και η μη βία είναι πιο σημαντικές για την ανθρωπότητα από τον πόλεμο

Ωστόσο, από έναν πολιτισμό χωρίς πόλεμο, οι homo sapiens απέχουν πολύ

Τώρα, πάλι, οι άνθρωποι προσπαθούν για την αθανασία, μετακινούμενοι σε ένα αστέρι,

Ακόμα και μετά τη γνώση της πραγματικότητας του θανάτου, οι άνθρωποι τσακώνονται

Με την αθανασία, ως είδος, για τους ανθρώπους θα είναι αδύνατο να ενσωματωθούν

Με τα πυρηνικά όπλα στα χέρια, οι άνθρωποι θα ξεχάσουν τον θάνατό τους.

Η καταστροφή κάθε ζωντανού όντος μπορεί να είναι μια μέρα η μοίρα μας.

Εκατομμύρια χρόνια μετά, κάποια είδη θα εξαλείψουν εντελώς τον πόλεμο και το μίσος.

Αυτοπεποίθηση

Η αυτοπεποίθηση θα φέρει μέσα σας, την αυτοεκτίμηση.

Χωρίς αυτοπεποίθηση δεν μπορείτε να εκπληρώσετε το όνειρό σας.

Με αυτοπεποίθηση, η γνώση και η σοφία λειτουργούν καλύτερα

Η σκληρή σας δουλειά θα σας ωθήσει προς το όνειρο όλα μαζί

Το όνειρο θα γίνει πραγματικότητα όταν θα κινηθείτε, στο μέλλον

Η επιμονή και η επιμονή έρχονται με την αυτοπεποίθηση

Με αποφασιστικότητα, μπορείτε εύκολα να ξεπεράσετε κάθε αντίσταση

Τα όνειρά σας θα γίνονται όλο και μεγαλύτερα

Στη στάση σας, σε κάθε βήμα, απλά κάντε το θα πυροδοτήσει

Η νοοτροπία σας, οι επιδόσεις σας, τα αποτελέσματά σας, όλα θα αλλάξουν για πάντα.

Παραμείναμε αγενείς

Καθώς πηγαίνουμε προς τα πίσω στο πεδίο του χρόνου

Τα πάντα δεν ήταν τέλεια, υπέροχα ή ωραία

Η έλευση του homo sapiens είναι ένα τεράστιο άλμα

Μετά από αυτό, χιλιάδες χρόνια, η αργή διαδικασία της φύσης συνεχίζεται...

Μερικές φορές υπήρχε κάποιο ορατό, ηχητικό μπιπ.

Περιμένουμε τον homo sapiens, η εξέλιξη για τους άλλους, κοιμάται για πάντα.

Ο κόσμος έγινε φέουδο των ευφυών ανθρώπινων όντων.

Για άνεση και ευχαρίστηση, ανακάλυψαν πολλά πράγματα.

Ωστόσο, οι φυσικές διεργασίες έσπρωξαν πολλές ανθρώπινες φυλές έξω από το δαχτυλίδι.

Οι φυσικές δυνάμεις παρέμειναν πέρα από τον έλεγχο του homo sapiens.

Έτσι, για να καταπνίξουν τις φυσικές δυνάμεις τα ανθρώπινα όντα αναγκάστηκαν να παραιτηθούν.

Αντί να ελέγξει τις φυσικές δυνάμεις, ο άνθρωπος κατέστρεψε την ποικιλομορφία

Η οικολογία και το περιβάλλον έχασαν την ομορφιά και την πολυμορφία τους.

Ακόμα και η σφαγή των ομοεθνών του ήταν συνηθισμένη.

Οι σταυροφορίες και οι παγκόσμιοι πόλεμοι διεξήχθησαν σκοτώνοντας τυχαία εκατομμύρια ανθρώπους.

Ο Ιησούς σταυρώθηκε πριν από πολύ καιρό επειδή προσπάθησε να διδάξει την ειρήνη και την αλήθεια.

Αλλά μέχρι σήμερα προς τη φύση, το περιβάλλον, την οικολογία και την ανθρωπότητα, παραμένουμε αγενείς.

Γιατί γινόμαστε χαοτικοί;

Η ειρήνη, η ηρεμία, η ομοιομορφία και η μία παγκόσμια τάξη δεν είναι εφικτές.

Οι νόμοι της θερμοδυναμικής είναι ο λόγος, είναι πολύ απλό.

Για να πάμε προς την τάξη από ένα άτακτο σύμπαν, η εντροπία πρέπει να μειωθεί.

Αλλά ο νόμος της εντροπίας είναι ένας από τους πιο σημαντικούς νόμους.

Για να τεθούν τα θεμελιώδη σωματίδια σε τάξη, ο χρόνος πρέπει να αντιστραφεί προς τα κάτω,

Στη φυσική, δεν υπάρχει διαφορά μεταξύ παρελθόντος, παρόντος και μέλλοντος.

Όλα είναι ίδια όταν τα βλέπουμε αυτά από τις ιδιότητες της φύσης.

Το παρόν μπορεί να είναι χιλιοστό, μικρό ή νανοδευτερόλεπτο για μέτρηση

Η ύπαρξη του παρατηρητή κατά την πραγματοποίηση μιας τέτοιας παρατήρησης είναι πιο σημαντική

Η μαύρη ενέργεια, η αντιύλη και πολλές άλλες διαστάσεις εξακολουθούν να είναι παντοδύναμες

Χωρίς να γνωρίζουμε όλες τις διαστάσεις, μπορούμε να εξηγήσουμε το σύμπαν όπως οι τυφλοί εξηγούν τον ελέφαντα

Αλλά για να εξηγηθεί απλά η απόλυτη αλήθεια, όλες οι άγνωστες διαστάσεις είναι σημαντικές

Η κβαντική πιθανότητα είναι επίσης μια πιθανότητα στο άπειρο πεδίο του χωροχρόνου, της ύλης-ενέργειας

Αν δεν μπορούμε να εξηγήσουμε και να κατανοήσουμε όλες τις αόρατες διαστάσεις, πώς μπορεί η φυσική να φέρει συνέργεια

Ακόμα και αν περάσουμε το κατώφλι της ταχύτητας του φωτός για να κινηθούμε προς τους γαλαξίες για να γνωρίσουμε όλα

Πριν επιστρέψουμε, το ηλιακό μας σύστημα μπορεί να καταρρεύσει λόγω έλλειψης της απαιτούμενης ενέργειας και να πέσει.

Να ζεις ή να μην ζεις;

Οι επιστήμονες και οι ερευνητές έχουν προβλέψει την ανθρώπινη αθανασία σύντομα

Με την τεχνητή νοημοσύνη, θα υπάρξει τεχνολογική έκρηξη

Για τον φυσικό πόνο και τα βάσανα του ανθρώπινου σώματος, δεν θα υπάρχει χώρος

Η ζωή θα είναι γεμάτη από ευχαρίστηση και απόλαυση χωρίς να κάνει καμία δουλειά

Δεν θα υπάρχει ανάγκη για επενδύσεις για το μέλλον στην αγορά κερδοσκοπικών μετοχών

Τα φαγητά που θα παρασκευάζονται από ρομπότ θα έχουν διαφορετική παραδεισένια γεύση

Το φυσικό σώμα, ο αθλητισμός και η ψυχαγωγία θα είναι στην καλύτερη περίπτωση

Οι άνθρωποι δεν θα καταλαβαίνουν τη διαφορά μεταξύ εργασίας και ανάπαυσης

Οι επιστήμονες δεν έχουν προβλέψει ποια θα είναι η ηλικία συνταξιοδότησης

Τι θα συμβεί στους ανθρώπους, οι οποίοι βρίσκονται ήδη στη φάση της συνταξιοδότησης

Δεν υπάρχουν προβλέψεις για τα ανθρώπινα συναισθήματα, όπως η αγάπη, το μίσος, η ζήλια και ο θυμός

Θα υπάρξουν περισσότεροι καυγάδες και σωματικές μάχες, καθώς το σώμα είναι πιο δυνατό;

Το να ζει κανείς ή να μη ζει θα πρέπει να αφήνεται στα άτομα, δεν υπάρχουν νόμοι για να σταματήσει να πεθαίνει

Αλλά ακόμη και μετά την Αθανασία, είμαι σίγουρος ότι θα υπάρχουν χωρισμοί και κλάματα.

Η ευρύτερη εικόνα

Ποιος είναι ο ρόλος μου σε αυτό το σύμπαν στην ευρύτερη εικόνα

Μια δύσκολη ερώτηση χωρίς πειστική απάντηση

Η απάντηση για τον σκοπό της ύπαρξής μου είναι πιο δύσκολη

Δεν υπάρχει συγκεκριμένη απάντηση στην επιστήμη και τη φιλοσοφία που να με πείθει

Πρέπει να προχωρήσω μπροστά και να το ψάξω μόνος μου μέχρι το τέλος

Κανείς δεν θα με συνοδεύσει στην αναζήτηση της αλήθειας

Όλοι, συμπεριλαμβανομένου και του καλύτερού μου μισού, έχουν επιλέξει διαφορετικό δρόμο

Την εμπειρία μου και τις πεποιθήσεις μου, κανείς δεν μπορεί να τις αλλάξει, πρέπει να κάνω επανεκκίνηση

Αλλά η μνήμη του βιολογικού εγκεφάλου είναι δύσκολο να διαγραφεί και να ξεριζωθεί εντελώς

Μπορεί να υποτροπιάσει ανά πάσα στιγμή χωρίς συγκεκριμένο λόγο και αιτία

Εκτός αν οι πεποιθήσεις, η γνώση και η σοφία μου βρουν το λόγο της ζωής.

Διευρύνετε τον ορίζοντά σας

Διευρύνετε τον ορίζοντα του μυαλού σας για να δείτε το άπειρο σύμπαν και τις δυνατότητες.

Μόλις βγείτε από το μαύρο κουτί και τη ζώνη άνεσής σας, μπορείτε να δείτε τις πραγματικότητες

Ούτε τα κιάλια, ούτε τα τηλεσκόπια μπορούν να σας βοηθήσουν να νιώσετε το άπειρο σύμπαν

Είναι η φανταστική δύναμη των ανθρώπων που μπορεί να εμπνεύσει οράματα πέρα από τον ορίζοντα

Τα μάτια μπορούν απλώς να δουν ένα αντικείμενο, αλλά ο εγκέφαλος μπορεί να αναλύσει μόνο με επιστημονική λογική

Αν δεν επιτρέψετε στον παπαγάλο του μυαλού σας να βγει από το κλουβί σε νεαρή ηλικία

Θα επαναλαμβάνει μόνο λίγες λέξεις για να διασκεδάζει τους άλλους στο περιβάλλον στάδιο

Καθώς διευρύνετε το μυαλό σας για να κοιτάξετε πέρα από την αφαίρεση των χρωματιστών γυαλιών, θα εκπλαγείτε

Η όρασή σας για να κοιτάξετε τους γαλαξίες, τους κομήτες και την πραγματικότητα της ζωής, θα είναι ξεκάθαρη, η ζωή σας θα μπορεί να γίνει γάζα

Μόλις αποκτήσετε την πραγματική σοφία για να κατανοήσετε τη φύση, τα ίχνη σας, το μέλλον θα τα ιχνηλατήσει

Η διεύρυνση του ορίζοντα του νου είναι εύκολη, επειδή το κλειδί του μαύρου κουτιού είναι στο χέρι σας

Απλά αφαιρέστε τις σκόνες των πανάρχαιων διδασκαλιών και των θρησκευτικών προκαταλήψεων από το κλειδί που βρίσκεται στην άμμο

Αν ο Γαλιλαίος μπορεί να το κάνει πολύ καιρό ηλικία, η ζωή σας, μπορείτε εύκολα να αλλάξετε, μην φοβάστε να προσβάλλετε

Η ζωή σου, η σοφία σου, η πορεία σου κανείς δεν θα προσπαθήσει να την κάνει ρόδινη ή θα προσπαθήσει να την καταλάβει

Ο χρόνος σας σε αυτόν τον πλανήτη είναι περιορισμένος, οπότε όσο πιο γρήγορα το συνειδητοποιήσετε και δράσετε είναι καλό, αν χρειαστεί δώστε στη ζωή μια στροφή.

Ξέρω.

Ξέρω, κανείς δεν μπορεί να κλάψει, όταν πεθάνω

Αυτό δεν σημαίνει ότι πρέπει να σταματήσω να αγαπώ τους ανθρώπους.

Δεν γεννήθηκα ούτε έζησα για να δουλέψω για κροκοδείλια δάκρυα μετά το θάνατό μου

Αντίθετα, θα αγαπώ τους ανθρώπους και θα ζω στις καρδιές τους

Η γενναιοδωρία μου και η βοήθειά μου, κάποιος θα θυμάται σιωπηλά

Έτσι, το να κάνω καλό στους ανθρώπους και την ανθρωπότητα είναι η προτεραιότητα και η σύνεσή μου

Δεν χρειάζομαι ψεύτικους επαίνους από εγωιστές ανθρώπους για το προσωπικό μου συμφέρον

Καλύτερα να βοηθήσω τα αθώα σκυλιά του δρόμου και τα ζώα είναι τέλειο

Ακόμα και το μικρότερο αποτύπωμα διοξειδίου του άνθρακα και η φύτευση δέντρων θα έχει καλύτερο αντίκτυπο

Η αγάπη μου και η φιλανθρωπία μου δεν είναι για κάποιο αντάλλαγμα ή αναμένοντας κάτι

Είναι για την εξάπλωση της αδελφοσύνης και του ειρηνικού περιβάλλοντος που θα φέρει

Να διώξουμε το μίσος και τη βία από το κοινωνικό στερέωμα

Σίγουρα, μια μέρα, το να τους αγαπάς όλους και να μην μισείς κανέναν θα είναι ο βασιλιάς.

Μην ψάχνετε για σκοπό και λόγο

Ήρθαμε σε αυτόν τον κόσμο χωρίς την επιθυμία μας ή οποιαδήποτε ελεύθερη βούληση για έναν σκοπό

Ωστόσο, η γέννησή μας είχε πολλαπλό σκοπό να γίνουμε γιος, κόρη, αδελφή ή κληρονόμος

Οι γονείς, η κοινωνία καθορίζει το σκοπό μας να μάθουμε τα πράγματα που ανακάλυψαν οι πρόγονοί μας

Στην αναζήτηση της γνώσης, της δεξιότητας και της σοφίας η ζωή μας γίνεται πολυδύναμη

Μετά το γάμο και την απόκτηση παιδιών, ο πυρήνας της οικογένειας γίνεται το σύμπαν μας

Κατά τη διάρκεια της νεαρής ηλικίας, δεν είχαμε χρόνο να σκεφτούμε οποιοδήποτε σκοπό ή νόημα της ζωής

Το να πετύχουμε υλικά πράγματα, να τρώμε και να κοιμόμαστε καλά είναι ο καλύτερος σκοπός που μας αξίζει

Καθώς γερνάμε, αρχίζουμε να σκεφτόμαστε το νόημα της ύπαρξής μας

Για το σκοπό της ζωής μας και τους λόγους για την εκδήλωση δεν ακούμε απήχηση

Οι περισσότεροι άνθρωποι πεθαίνουν ευτυχισμένοι χωρίς να γνωρίζουν τον σκοπό και τον λόγο

Για λίγους που αναζητούν τον σκοπό και τον λόγο, η ζωή γίνεται οφθαλμαπάτη ή φυλακή.

Αγάπη στη φύση

Καθώς απομακρυνόμαστε όλο και περισσότερο από τη φύση

Χάνουμε στη ζωή μας πολλές πραγματικότητες και πάρα πολλούς θησαυρούς

Το να ζούμε σε πόλεις με κλιματισμό είναι το μέλλον μας.

Προσπαθούμε να σώσουμε τα δάση για το βιότοπο άλλων πλασμάτων.

Αλλά καταστρέφουμε τη φύση και την οικολογία για την ευχαρίστησή μας.

Από την αρχή του πολιτισμού, οι άνθρωποι ζούσαν άνετα με τη φύση.

Αλλά η ανάπτυξη των πολυώροφων κτιρίων, το smartphone το άλλαξε τελείως.

Παίρνουμε περισσότερες θερμίδες καθισμένοι στο σπίτι και μετά πηγαίνουμε στο γυμναστήριο.

Τρώγοντας γρήγορο και ανθυγιεινό φαγητό εκατομμύρια άνθρωποι υποφέρουν από έλλειψη ασβεστίου

Ποια είναι η διασκέδαση του να ζεις εκατοντάδες χρόνια στις σύγχρονες πόλεις πληρώνοντας ασφάλιστρα

Δουλεύουμε πολύ σκληρά για να έχουμε άνεση και ασφάλεια στα γηρατειά

Αλλά ξεχνάμε ότι για το απατηλό μέλλον, καταστρέφουμε το παρόν μας στο κλουβί.

Καλύτερη ήταν η ζωή του προπάππου μας, τον οποίο θεωρούμε τώρα άγριο.

Για να ισορροπήσουμε τη ζωή με τις σύγχρονες τεχνολογίες και τη φύση χρειάζεται θάρρος

Η ζωή σε κώμα για αρκετές δεκαετίες δεν είναι πραγματική ζωή, αλλά ένα κενό πέρασμα.

Γεννημένος ελεύθερος

Όταν γεννηθήκαμε, γεννηθήκαμε ελεύθεροι χωρίς σκοπό, στόχους, αποστολή και όραμα.

Για κάθε κίνησή μας, οι γονείς, η οικογένεια και η κοινωνία έχουν διαφορετική επιβολή

Η συνείδησή μας αναδύεται από το περιβάλλον και το περιβάλλον που ζούμε

Το σύστημα αξιών δεν είναι επίσης μέσα από γενετικούς κώδικες, αλλά αυτό που δίνουν οι γονείς, οι δάσκαλοι

Γεννιόμαστε ελεύθεροι, αλλά όχι ελεύθεροι να επιλέξουμε γλώσσα, δόγμα, θρησκεία, καθώς γεννιόμαστε σε κυψέλη

Το μυαλό μας αναπτύσσεται με φόβο, καχυποψία και σκέψη περιορισμένη για κοινούς στόχους

Πάρα πολλές διαιρέσεις έχουν επηρεάσει τη νοοτροπία μας, και σε κάθε βήμα πρέπει να ακολουθούμε τα αιτήματα της πλειοψηφίας

Γεννιόμαστε ελεύθεροι, αλλά δεν έχουμε την πολυτέλεια να αναπτυχθούμε ελεύθεροι λόγω εγγενών ελλείψεων για την επιβίωση

Οι Homo sapiens είναι γενετικά προγραμματισμένοι να έχουν τη νοοτροπία της αγέλης και να γίνονται κοινωνικοί

Και οι ζωές μας στο όνομα της κάστας, του θρησκεύματος, του χρώματος, της θρησκείας αναγκάζονται να γίνουν πολιτικές

Καθώς γινόμαστε πολίτες με την ενηλικίωση, μπορούμε να έχουμε την ελεύθερη βούλησή μας με πολλά αν και αλλά

Αν δεν ακολουθήσουμε τους κανόνες των παιχνιδιών, τη λεγόμενη ελευθερία μας ανά πάσα στιγμή, η κοινωνία μπορεί να μας κλείσει

Γεννηθήκαμε ελεύθεροι, αλλά η ελευθερία μας δεν είναι ελεύθερη χωρίς περιορισμούς, ο καθένας πρέπει να ακολουθεί

Αν κάνετε κάτι ριζοσπαστικό ενάντια στη θέληση της κοινωνίας και του έθνους σας, η φούσκα της ελευθερίας θα σκάσει

Η ελευθερία του μυαλού είναι ένα όριο λιγότερο και άπειρο αν είστε άφοβοι και έχετε τη δική σας εμπιστοσύνη.

Η διάρκεια ζωής μας είναι πάντα καλή

Η μακροζωία της ζωής μας είναι πάντα μια χαρά
Αρκεί να ξεκινήσουμε εγκαίρως να δουλεύουμε και να τρώμε
Με φίλους το Σαββατοκύριακο, απολαμβάνουμε και κρατάμε κρασί
Χρησιμοποιούμε το δικό μας χρόνο ως το μοναδικό μου πόρο
Πριν από το θάνατο, σίγουρα θα λάμψουμε,
Ποτέ δεν συνειδητοποιήσαμε τη σχετικότητα, κατά τη διάρκεια των φοιτητικών μας ημερών
Ποτέ δεν είχαμε χρόνο, ποτέ δεν ακούσαμε τι λένε οι γονείς μας
Βλέπαμε μόνο ουράνιο τόξο στον ουρανό, ακόμα και τις βροχερές μέρες μας
Μόλις συνταξιοδοτηθούμε μετά τα εξήντα πέντε και αρχίσουμε να ζούμε μόνοι μας
Η θεωρία της σχετικότητας έρχεται αυτόματα στην ορμόνη μας,
Θα πούμε ότι η ζωή δεν είναι πολύ μικρή και ο χρόνος είναι πολύ γρήγορος
Για πάντα στην επικράτεια του μοναχικού πλανήτη, δεν θα θέλουμε να διαρκέσει
Στο έργο που λέγεται ζωή, με ειλικρίνεια, ας παίξουμε το ρόλο μας
Η υγεία, τα όργανα, η κινητικότητα και το μυαλό μας θα αρχίσουν να σκουριάζουν.
Μια μέρα, θα είμαστε ευτυχείς να ξεκουραστούμε στο νεκροταφείο, μαζεύοντας σκόνη.

Δεν λυπάμαι

Κάποιος με μισεί, μπορεί να φταίω εγώ

Κάποιος θυμώνει μαζί μου, μπορεί να φταίω εγώ

Αλλά αν κάποιος με φθονεί και με ζηλεύει

Το λάθος μπορεί να μην είναι δικό μου, αλλά δεν πειράζει

Κι όμως, αγαπώ όλους τους μισητούς και τους χαμογελάω

Ποτέ δεν αισθάνομαι ανώτερος, αλλά το να αισθάνονται κατώτεροι είναι δικό τους λάθος

Προσπαθούν να κάνουν μάταιη πνευματική επίθεση

Αλλά δεν εκδικούνται και δεν συγχωρούν, είμαι πάντα αποφασισμένος

Δεν μπορώ να σταματήσω την πρόοδό μου και την κίνησή μου για να ευχαριστήσω τους άλλους

Αυτό θα σκοτώσει τη δημιουργικότητά μου και το πνεύμα μου που προχωράει μπροστά για πάντα

Έτσι, αγαπητοί μου φίλοι, δεν λυπάμαι, ούτε μπορώ να πάω πίσω

Κάνω αυτό που αγαπώ για την ανθρωπότητα, όχι για το βραβείο σας.

Νωρίς στο κρεβάτι και νωρίς στο ξύπνημα

Το να κοιμάσαι νωρίς και να ξυπνάς νωρίς, κάνει τον άνθρωπο υγιή, πλούσιο και σοφό.

Αυτή η λαϊκή ρήση μπορεί να είναι αληθής ή ψευδής, δεν υπάρχουν ακριβή επιστημονικά δεδομένα.

Ωστόσο, τα πρώτα πέντε λεπτά είναι πολύ σημαντικά για την ημέρα, όταν το ξυπνητήρι σηκώνεται

Πριν σκεφτείτε να αναβάλλετε το ξύπνημά σας για πέντε λεπτά, σκεφτείτε το τρεις φορές

Τα πέντε λεπτά θα γίνουν δύο ή τρεις ώρες χωρίς καμία αμφιβολία.

Για την καθυστέρησή σας να ξεκινήσετε τις δραστηριότητες της ημέρας αργά, εσείς οι ίδιοι θα φωνάξετε

Η σημερινή καλή δουλειά που υποτίθεται ότι πρέπει να γίνει σήμερα, θα αναβληθεί για αύριο

Την επόμενη μέρα, τα ίδια πέντε λεπτά θα σας φέρουν περισσότερη πίεση και θλίψη

Τα λεπτά θα γίνουν σιγά-σιγά μέρες, οι εβδομάδες και οι μήνες θα περάσουν αργά

Οι εποχές θα έρχονται και θα φεύγουν ως συνήθως χωρίς να σας το λένε αθόρυβα

Θα γιορτάσετε την Πρωτοχρονιά με φίλους και άλλους με χαρά

Καλύτερα να πηγαίνετε για ύπνο νωρίς και να ξυπνάτε νωρίς και να αποφεύγετε να σταματήσετε το ξυπνητήρι με χάρη.

Η ζωή έχει γίνει απλή

Η ζωή έχει γίνει τόσο απλή, τρώγοντας, μιλώντας ή σερφάροντας στο smartphone

Στα πιο πολυσύχναστα εμπορικά κέντρα ή στους δρόμους ή στη δημοφιλή κουζίνα, το ίδιο σκηνικό

Η τεχνολογία έχει αλλάξει εντελώς τον τρόπο ζωής μας και τον τρόπο έκφρασης

Αλλά για την ηθική αλλαγή του παραδείγματος, η τεχνολογία δεν έχει λύση.

Οι άνθρωποι γίνονται ατομικιστές και εγωκεντρικοί.

Σε ένα αυτί του νέου πολιτισμού, μαζί με τον homo sapiens όλα τα είδη εισήλθαν

Οι απαιτήσεις ενέργειας για την κίνηση ενάντια στη βαρύτητα και άλλες δυνάμεις παρέμειναν ίδιες

Η πείνα και η επιθυμία των βασικών ενστίκτων, μέχρι τώρα η τεχνολογία δεν είναι ικανή να δαμάσει

Η ζωή και ο θάνατος, ο αγώνας για επιβίωση και καλύτερη ζωή, εξακολουθούν να είναι το ίδιο παιχνίδι.

Η τεχνολογία είναι μια συνεχής διαδικασία για την απλή ζωή, για το χάος φταίμε εμείς.

Οπτικοποίηση της κυματικής συνάρτησης

Ο κόσμος των κβαντικών ή στοιχειωδών σωματιδίων είναι τόσο παράξενος όσο και το σύμπαν.

Όπως εκατομμύρια έτη φωτός μακριά αστέρια, δεν μπορούμε να δούμε κανένα κβαντικό σωματίδιο με τα μάτια μας

Αν και τα στοιχειώδη σωματίδια είναι παρόντα σε κάθε ύλη που μπορούμε να δούμε, να αισθανθούμε και να αγγίξουμε

Ο μηχανισμός του εγκεφάλου μας είναι περιορισμένος και μπορεί να δει ή να αισθανθεί μόνο μέσω έμμεσης μεθόδου

Η έννοια της διεμπλοκής του φωτονίου ή του ηλεκτρονίου είναι επίσης έμμεση παρατήρηση στο αρχείο,

Μέσω της αναλογίας ενός ζευγαριού παπουτσιών, μας εξηγείται η έννοια της διεμπλοκής

Αλλά η εγγενής αβεβαιότητα που συνδέεται μεταξύ του φλιτζανιού και του χείλους, παραμένει πάντα με τα σωματίδια

Τα σωματίδια συνδυάζονται μαζί με διαφορετικούς τρόπους στο σύμπαν για να σχηματίσουν τα ορατά υλικά

Ωστόσο, το να δει κανείς το όμορφο πρωτόνιο, νετρόνιο, ηλεκτρόνιο και φωτόνιο με το μάτι του λαιμού δεν είναι δυνατόν

Μόνο μέσω πειραμάτων είναι εφικτό να μάθουμε τις ιδιότητες των στοιχειωδών σωματιδίων,

Οι γνώσεις μας για το φεγγάρι ή τους πλησιέστερους πλανήτες δεν είναι ακόμη ολοκληρωμένες και πλήρεις

Για να μάθουμε για τα στοιχειώδη σωματίδια, το σύμπαν και το σύμπαν κανείς δεν μπορεί να καθορίσει χρονικό όριο

Ο πολιτισμός είναι υποχρεωμένος να μαθαίνει, να ξεμαθαίνει και να μαθαίνει νέες θεωρίες και υποθέσεις

Αλλά η γνώση της συνείδησης, του νου και των ψυχών είναι για τον άνθρωπο ακόμα απατηλή και βασική.

Μια μέρα, σίγουρα θα βρούμε την κατάρρευση της κυματοσυνάρτησης της συνείδησης, τίποτα δεν μπορεί να την περιορίσει.

Οκτώ δισεκατομμύρια

Ο έρωτας, το σεξ, ο Θεός και ο πόλεμος καθορίζουν το πεπρωμένο του οικοσυστήματος του πολιτισμού

Το περιβάλλον και η οικολογία είναι σημαντικά για να βρίσκεται το κλίμα σε δυναμική ισορροπία

Η τεχνολογία είναι ένα δίκοπο μαχαίρι, μπορεί να κατασκευάσει ή να καταστρέψει σύμφωνα με τη σοφία μας

Στην τεχνολογική ανάπτυξη, η αγάπη, το σεξ, ο Θεός και ο πόλεμος δεν μπορούν να θέσουν κανένα εμπόδιο

Χωρίς την αγάπη και το σεξ, η διαδικασία της εξέλιξης θα είχε σταματήσει χωρίς πρόοδο

Η Ραμαγιάνα, η Μαχαμπαράτα, η Σταυροφορία, οι παγκόσμιοι πόλεμοι λέγεται ότι είναι χειρουργική λύση.

Αλλά σήμερα, η τεχνολογία παρέχει στην ανθρωπότητα νέους τρόπους, σοφία και νέα κατεύθυνση

Ταυτόχρονα, η τεχνολογία ωθεί το περιβάλλον και την οικολογία προς την καταστροφή

Ο Θεός απέτυχε να ενώσει την ανθρωπότητα πάνω από την κάστα, το θρήσκευμα, το χρώμα, τα σύνορα και τη θρησκεία.

Μόνο ο έρωτας και το σεξ ενώνουν τους ανθρώπους ως ανθρώπους και μας βοήθησαν να γίνουμε οκτώ δισεκατομμύρια.

Εγώ

Η ύπαρξή μου είναι άυλη για τον κόσμο, το ηλιακό σύστημα και τον γαλαξία μας.

Επειδή μπορώ να συνεισφέρω μόνο στην αταξία και να αυξήσω την εντροπία του συστήματος

Δεν υπάρχει τρόπος ή δυνατότητα να αντιστρέψω τη συμβολή μου στην αταξία

Η συνετή χρήση της ενέργειας και της ύλης κατά τη διάρκεια της ζωής μας μπορεί να θεωρηθεί

Δεν υπάρχει διαθέσιμη τεχνολογία για να απαλλαγούμε από τους νόμους της θερμοδυναμικής για τη μείωση της εντροπίας

Το μόνο πράγμα που μπορώ να κάνω είναι να μειώσω τη ρύπανση και το αποτύπωμα του άνθρακα στον πλανήτη.

Μπορώ επίσης να διαδώσω το χαμόγελο, την αγάπη και την αδελφοσύνη μεταξύ των συνανθρώπων μου homo sapiens

Οι άνθρωποι συνειδητά καταστρέφουν τη χλωρίδα και την πανίδα του όμορφου πλανήτη

Νιώθουμε ότι ήρθαμε σε αυτόν τον πλανήτη για να καταναλώνουμε και να καταστρέφουμε τους φυσικούς πόρους.

Αλλά αυτό έχει αλλάξει ανεπανόρθωτα το παγκόσμιο κλίμα και τη μελλοντική του πορεία.

Η τεχνολογία μπορεί να μας δώσει διαφορετικές, αποδοτικές και επαναχρησιμοποιήσιμες πηγές ενέργειας

Ωστόσο, η αύξηση της εντροπίας θα εκραγεί μια μέρα με εκμηδενιστικές δυνάμεις.

Η άνεση είναι μεθυστική

Η άνεση είναι μεθυστική και εθιστική

Η επιθυμία για τροφή και στέγη είναι σαγηνευτική

Αλλά στη ζώνη άνεσης είμαστε λιγότερο παραγωγικοί.

Οι επιστήμονες δεν μπορούν ποτέ να εφεύρουν νέα πράγματα ζώντας στη ζώνη άνεσης

Για την εφεύρεση, πρέπει να πάνε μόνοι τους στα βάθη της θάλασσας.

Οι επιθυμίες των ανθρώπων για τροφή, στέγη και ρούχα τους κρατούν στη στεριά

Οι έξυπνοι σύντομα συνειδητοποίησαν ότι η μετανάστευση και η ορμή είναι στον πυρήνα

Οι θαρραλέοι βγήκαν από την άνεση και πήδηξαν για να κολυμπήσουν αγνοώντας τον θόρυβο της θάλασσας

Η επιθυμία να εξερευνήσουν νέα πράγματα και να πειραματιστούν είναι ο πυρήνας της εφεύρεσης

Ο πολιτισμός προχώρησε και προόδευσε εξαιτίας της μετανάστευσης

Δεν υπάρχει ασφαλές καταφύγιο στον κόσμο της αβεβαιότητας.

Η επιθυμία για ζώνη άνεσης περιορίζεται επίσης από την κβαντική πιθανότητα.

Ελεύθερη βούληση και σκοπός

Είναι ο σκοπός της ζωής να ζούμε, να αφήνουμε να ζούμε και να πολλαπλασιάζουμε;

Ή ο σκοπός της ζωής είναι να προστατεύει τον κώδικα του DNA συλλογικά

Έχουμε την επιλογή να μην αναπαραχθούμε παραμένοντας μόνοι μας.

Για την προστασία του γενετικού κώδικα, πρέπει να υπάρχει ένα τρίγωνο.

Χωρίς πατέρα, μητέρα και παιδιά, ο κώδικας θα λυγίσει.

Η ελεύθερη βούληση έχει πάντα ρόλο στις αποφάσεις.

Αλλά η ελεύθερη βούληση συνδέεται με αβεβαιότητα και μεταβλητές.

Στον τομέα του μέλλοντος, ο σκοπός της ελεύθερης βούλησης παραλύει

Ακολουθήστε τη διαίσθησή σας και απλά εκτελέστε τη θέλησή σας είναι κανόνας απλός

Ακόμα και αν η ελεύθερη βούληση και ο σκοπός σας δεν ενσωματώνονται ποτέ, να είστε ταπεινοί.

Οι δύο τύποι

Υπάρχουν μόνο δύο τύποι ανθρώπων σε αυτόν τον κόσμο με τους οποίους δουλεύαμε

Ο απαισιόδοξος, που δεν έχει καμία πρωτοβουλία να κινηθεί, και ο αισιόδοξος, που είναι πάντα σε κίνηση.

Οι απλά το κάνουν, χωρίς να το σκέφτονται πάρα πολύ, και οι αφήνουν να αναβληθεί για αύριο

Ο ένας τύπος με θετική στάση, και ο άλλος τύπος με αρνητική στάση

Αν σκεφτόμαστε και αναλύουμε πάρα πολύ τα αποτελέσματα, είναι αδύνατο να ξεκινήσουμε

Στο τέλος της ημέρας, και τελικά στο τέλος της ζωής, άδειο θα είναι το καλάθι μας.

Βγάλτε την άγκυρα και αρχίστε να πλέετε χωρίς να σκέφτεστε τις μελλοντικές καταιγίδες

Αν περιμένετε τον καθαρό ουρανό επ' αόριστον, δεν θα μπορέσετε ποτέ να φτάσετε στο αστέρι

Αποδεχτείτε την πραγματικότητα ότι, η ζωή είναι μόνο κβαντική πιθανότητα στην τύχη.

Ας εκτιμήσουμε τους επιστήμονες

Ας εκτιμήσουμε όλους τους επιστήμονες, που ξεδιπλώνουν τον κβαντικό κόσμο

Δεν μπορούμε ούτε να δούμε ούτε να αισθανθούμε τα κβαντικά σωματίδια με τα αισθητήρια όργανά μας.

Αλλά ο εγκέφαλός μας έχει την ικανότητα να κατανοεί και να οπτικοποιεί

Η επιστήμη έχει διανύσει πολύ δρόμο για να ξεδιπλώσει τη φύση και να κατανοήσει

Ωστόσο, δεν ξέρουμε πού βρισκόμαστε, το τελικό σημείο είναι πολύ μακριά ή πολύ κοντά,

Οι επιστήμονες έχουν περάσει πολλές άγρυπνες νύχτες διατυπώνοντας υποθέσεις

Αργότερα, πολλές από αυτές αντέχουν στις αυστηρές δοκιμές και γίνονται θεωρίες.

Η γάτα του Σρέντινγκερ βγαίνει τώρα από το κουτί με ένα κβαντικό άλμα και μετακινείται στη φύση

Με τους κβαντικούς υπολογιστές, οι επιστήμονες θα εξερευνήσουν νέες δυνατότητες στο μέλλον

Η πραγματικότητα εξακολουθεί να είναι δυσδιάκριτη για τον ανθρώπινο εγκέφαλο, το μυαλό, τη συνείδηση, αν και έχουμε εισέλθει σε μια νέα κουλτούρα.

Η ζωή πέρα από το νερό και το οξυγόνο

Το σύμπαν είναι άπειρο πέρα από τα όρια και εξακολουθεί να επεκτείνεται.

Αλλά μερικές φορές η διαδικασία σκέψης μας για το σύμπαν, εμείς οι ίδιοι περιορίζουμε

Η ζωή είναι δυνατή πέρα από τον άνθρακα, το οξυγόνο και το υδρογόνο στο άπειρο

Μπορεί να υπάρχει ζωή με συνείδηση, που μπορεί να πάρει ενέργεια από τα αστέρια απευθείας

Το οξυγόνο και το νερό πρέπει να απαιτούνται για τη ζωή, σε άλλους γαλαξίες μπορεί να μην είναι πραγματικότητα

Η μορφή της ζωής που υπάρχει στον πλανήτη μας τη γη μπορεί να είναι μοναχική.

Ωστόσο, ο ίδιος τύπος ζωής δισεκατομμύρια έτη φωτός έχει επίσης μεγάλες πιθανότητες.

Καθώς η φύση αγαπάει την ποικιλομορφία, έτσι και η διαφορετική μορφή ζωής αλλού είναι πιθανή

Αλλά με τη δική μας φυσική και βιολογία, αυτός ο τύπος ζωής μπορεί να μην είναι συμβατός

Η πιθανότητα άμεσης απορρόφησης ενέργειας από έμβια όντα σε άλλο σύμπαν είναι λογική

Είμαστε ακόμα στο σκοτάδι σχετικά με τη σκοτεινή ενέργεια και περιοριζόμαστε στα όρια του φωτός

Ωστόσο, για διαφορετικούς τύπους μορφών ζωής σε μακρινούς γαλαξίες, η σκοτεινή ενέργεια μπορεί να είναι φωτεινή

Μόλις περάσουμε το φράγμα της ταχύτητας του φωτός για να ταξιδέψουμε με την ταχύτητα που επιθυμούμε

Η αναζήτηση εξωπλανητών σε άλλους γαλαξίες θα είναι απλή και δίκαιη.

Μέχρι τότε η επιστήμη δεν πρέπει να είναι επικριτική και να διαγράφει άλλα στρώματα.

Νερό και γη

Τα τρία τέταρτα του πλανήτη γη είναι κάτω από το νερό
Μόνο στο ένα τέταρτο ζούμε εμείς οι homo sapiens.
Ο κόσμος κάτω από τους ωκεανούς είναι ακόμα ανεξερεύνητος.
Οι άνθρωποι εκμεταλλεύονται τους πόρους του εδάφους πέρα από τις αντοχές του.
Δόξα τω Θεώ, είναι ακόμα δύσκολο να εξερευνήσουμε τα βάθη της θάλασσας.

Είναι πιο εύκολο και άνετο να εξερευνήσουμε το διάστημα.
Γι' αυτό και η κατασκευή αποικιών ακόμα και στο φεγγάρι, είναι ένας αγώνας δρόμου.
Αν και η έρημος Σαχάρα είναι ακόμα μυστηριώδης για τον σημερινό πολιτισμό.
Ανησυχούμε περισσότερο για την αρπαγή γης στο φεγγάρι και την έναρξη της κατασκευής.
Η πλειοψηφία του παγκόσμιου πληθυσμού εξακολουθεί να μην έχει λύση για στέγαση.

Είναι απαραίτητο να εξερευνήσουμε το διάστημα και τα κοντινά άτομα.
Αλλά είναι υποχρεωτικό να δώσουμε ευκαιρίες επιβίωσης σε όλους τους ανθρώπους.
Ο πολιτισμός ξεκίνησε το ταξίδι με αγάπη για την πρόοδο και την ευημερία του.
Ωστόσο, η ισορροπία μεταξύ του homo sapiens και των άλλων έχασε την ακεραιότητά της.
Για την επιβίωση της ανθρώπινης φυλής, πρέπει να εξισορροπήσουμε το περιβάλλον και την οικολογία με ειλικρίνεια.

Η φυσική έχει αρμονικές

Αρκετές χιλιάδες χρόνια πέρασαν από την ανακάλυψη της γεωργίας

Οι αγρότες εξακολουθούν να καλλιεργούν τη γη τους και να καλλιεργούν ορυζώνες και σιτάρι

Ο ηλικιωμένος ψαράς πηγαίνει στη θάλασσα για να πιάσει ψάρια και να τα πουλήσει στην αγορά

Ο καουμπόι και η καουμπόισσα τραγουδούν ένα παλιό τραγούδι που έμαθαν από τον παππού τους

Δεν ανησυχούν για την τεχνητή νοημοσύνη ή τον εξωγήινο για τον οποίο έχουν ακούσει.

Η κβαντική εμπλοκή ή ο εξωπλανήτης στον μακρινό ουρανό δεν είναι σημαντικός γι' αυτούς

Αντίθετα η ξηρασία και το ασταθές κλίμα είναι ανησυχία για την παραγωγή τους

Η αμείωτη χρήση χημικών λιπασμάτων έχει μειώσει την παραγωγικότητα του εδάφους

Υπάρχουν δισεκατομμύρια άνθρωποι, οι οποίοι εξακολουθούν να εξαρτώνται από το νερό της βροχής

Οι κακές βροχοπτώσεις μπορούν να ωθήσουν τα παιδιά τους στη φτώχεια και την πείνα

Ωστόσο, η επιστήμη έχει προχωρήσει όλο και πιο βαθιά για να εξερευνήσει το άτομο και τους γαλαξίες

Η επιστήμη ακολουθεί και εξερευνά τη φύση και όχι η φύση εξερευνά την επιστήμη

Το σύμπαν δεν δημιουργήθηκε μετά τη συγγραφή των νόμων της φυσικής

Η γνώση των μαθηματικών ήταν βασική και γνωρίζαμε τη δυναμική των πλανητών.

Στην εξερεύνηση της φύσης μέσω της φυσικής υπάρχει κάθε δυνατότητα αρμονίας.

Η επιστήμη στον τομέα της φύσης

Έχουμε πολλές μαθηματικές εξισώσεις στη φυσική για να εξηγήσουμε τη φύση.

Όμως δεν έχουμε εξίσωση για να υπολογίσουμε ακριβώς την ημερομηνία του θανάτου στο μέλλον

Κάποιοι άνθρωποι πεθαίνουν νέοι και υγιείς, και κάποιοι πεθαίνουν άθλια.

Δεν υπάρχουν εξισώσεις, γιατί οι προσπάθειες με την ελεύθερη βούληση και την αφοσιωμένη εργασία κατατίθενται για να αποδώσουν αποτελέσματα

Οι εξισώσεις για την ακριβή πρόβλεψη του σεισμού είναι επίσης διαθέσιμες

Η πρόβλεψη φυσικών καταστροφών και πανδημιών είναι επίσης πιθανότητες

Αλλά χρειαζόμαστε μια απλή εξίσωση για τη συμβατότητα και τη βιωσιμότητα του γάμου.

Οι επιστημονικές προβλέψεις πρέπει να είναι εκατό τοις εκατό ακριβείς χωρίς σφάλματα.

Διαφορετικά, μεταξύ των αδύναμων ανθρώπων, οι αστρολόγοι θα δημιουργούν πάντα τρόμο

Η επιστήμη δεν είναι ένα μαύρο κουτί όπως τα θρησκευτικά κείμενα που γράφτηκαν χιλιάδες χρόνια πριν

Το σύνδρομο του μαύρου κουτιού από πολλούς επιστήμονες θα πρέπει να αποβάλουν τον εγωισμό τους

Κάθε πιθανότητα και πιθανότητα πρέπει να διερευνηθεί για την αναζήτηση της αλήθειας.

Το να λέμε απλώς κάποιες πεποιθήσεις και αξίες ως δεισιδαιμονίες χωρίς αποδείξεις είναι αγένεια

Η επιστήμη στο πεδίο της φύσης και του Θεού είναι πάντα για το καλύτερο αύριο και το καλό.

Εξελισσόμενες υποθέσεις και νόμοι

Η υπόθεση και οι νόμοι της φυσικής, της μεταφυσικής εξελίσσονται με τον χρόνο.

Πριν από το Big-Bang μπορεί να υπήρχαν διαφορετικά σύνολα νόμων που να διέπουν το σύμπαν.

Αλλά για εμάς οι νόμοι της φυσικής και της φύσης ήρθαν μόνο στο πεδίο του χρόνου

Ο χρόνος μπορεί να είναι ψευδαίσθηση ή να κινείται από το παρελθόν στο παρόν στο μέλλον, σημαντικός για τον παρατηρητή

Χωρίς το πεδίο του χρόνου, δεν έχουμε νόημα για τους νόμους ή σκοπό ποτέ

Η τεχνολογία ακολουθεί τη φυσική με την εξέλιξη για την καλύτερη ποιότητα ζωής του homo sapiens

Αλλά για τα άλλα έμβια όντα στον πλανήτη γη, η φυσική και η τεχνολογία είναι εξωγήινοι

Ακόμη και τα τρία τέταρτα, που ζουν κάτω από τους ωκεανούς ή τις θάλασσες, δεν έχουν καμία γνώση της φυσικής.

Ωστόσο, ζουν άνετα και ευτυχισμένα χωρίς να γνωρίζουν μαθηματικά.

Το ταξίδι και η ζωή τους είναι επίσης μόνο στο πεδίο του χρόνου χωρίς να ενδιαφέρονται για στατιστικές

Εμείς, τα ευφυή πλάσματα, έχουμε πάρει τον έλεγχο των πάντων στη φύση.

Αλλά κατά τη διαδικασία της ανάπτυξης και της προόδου, για τη φύση, δεν νοιαστήκαμε

Η γνώση της κοσμολογίας και των στοιχειωδών σωματιδίων δεν είναι αρκετή για το μερίδιο του καθενός

Χωρίς οικολογική ισορροπία και ευνοϊκό περιβάλλον, μια μέρα η ανθρώπινη ζωή θα είναι σπάνια

Ας εξισορροπήσουν οι επιστήμονες τη διαδικασία της εξέλιξης με την εφεύρεση, για όλους που είναι δίκαιη.

Σχετικά με τον συγγραφέα

Devajit Bhuyan

Ο DEVAJIT BHUYAN, ηλεκτρολόγος μηχανικός στο επάγγελμα και ποιητής από καρδιάς, είναι ικανός στη σύνθεση ποίησης στα αγγλικά και στη μητρική του γλώσσα, τα ασαμέζικα. Είναι μέλος του Institution of Engineers (India), του Administrative Staff College of India (ASCI) και ισόβιο μέλος της "Asam Sahitya Sabha", της ανώτατης λογοτεχνικής οργάνωσης του Assam, της χώρας του τσαγιού, του ρινόκερου και του Bihu. Τα τελευταία 25 χρόνια έχει συγγράψει περισσότερα από 110 βιβλία που έχουν εκδοθεί από διάφορους εκδότες σε 40 και πλέον γλώσσες. Από τα εκδοθέντα βιβλία του, περίπου 40 είναι βιβλία ποίησης του Ασάμ και 30 βιβλία αγγλικής ποίησης. Η ποίηση του Devajit Bhuyan καλύπτει τα πάντα που υπάρχουν στον πλανήτη γη και είναι ορατά κάτω από τον ήλιο. Έχει συνθέσει ποίηση από τον άνθρωπο μέχρι τα ζώα, τα αστέρια, τους γαλαξίες, τους ωκεανούς, τα δάση, την ανθρωπότητα, τον πόλεμο, την τεχνολογία, τις μηχανές και κάθε διαθέσιμο υλικό και αφηρημένο πράγμα. Για να μάθετε περισσότερα γι' αυτόν, επισκεφθείτε την ιστοσελίδα www.devajitbhuyan.com ή δείτε το κανάλι του στο YouTube @careergurudevajitbhuyan1986.

www.ingramcontent.com/pod-product-compliance
Lightning Source LLC
LaVergne TN
LVHW041659070526
838199LV00045B/1128